사람을 잇다 사람이 있다
삼달다방

사람을 잇다 사람이 있다 심달다방

초판 1쇄 발행일 2023년 7월 7일

엮은이 이상엽
펴낸이 허주영
펴낸곳 미니멈

기　획 이상엽
진　행 박정경
디자인 최주영

주소 서울시 종로구 부암동 332-19
전화·팩스 02-6085-3730 / 02-3142-8407
이메일 natopia21@naver.com
등록번호 제 204-91-55459

ISBN 979-11-87694-25-0 03810

돕는 사람들을 돕는 공간,
제주 삼달다방 이야기

사
람
을
　잇
　다

사
람
이
　있
　다

이상엽 엮음

삼달다방

minimum

돌아보니 '사람 여행'의 시작이었다

2015년 봄 제주도에 왔다. 정확하게 말하면 삼달리에 왔다. 좋아하던 가수 강허달림의 공연홍보를 위해 지금은 마을 친구로 지내는 '들'을 만나기 위해서다. 협의를 이어가는데 옆에 있는 친구가 동네 사람과 땅 매각 전화통화를 했다.

가보고 싶었다

그래서 지금의 삼달다방 자리를 찾았다. 순간 마치 시간이 멈춘 땅 같았다. 전쟁처럼 직장생활을 이어오던 내 시간이 멈추었다. 그러면서 평화이자 안식의 바람이 불어왔다. 자연스럽게 인생 2라운드는 여기서 살자는 결심이 떠올랐다. 일사천리로 15일 만에 등기까지 마쳤다. 다행히 퇴직금 중도정산 받은 돈이 있었다.

내 사회생활을 전후반기로 나눈다고 할 때 전반기는 우림이란 기업을 다닌 시간이었다. 마음은 사회 참여 활동에 있었으나, 현실 상황은 유년시절 이후 경제적으로 매우 어려워 그렇게 할 수 없었다. 네 살

이후 늘 단칸 셋방살이의 연속이었다. 한겨울 집세를 못 내서 거리에 나앉기 일쑤였고, 대림시장 2층에서 스티로폼을 깔고 '별이 빛나는 밤에'를 들으며 청소년기를 보냈다. 그래서 생활 문제를 해결하는 것이 사회생활의 첫 과제였다.

고민했다

생활의 문제를 해결하면서 사회적 가치에 한발 걸칠 수 있는 직장을 선택하고 싶었다. 어느 날 지인이 우림건설을 소개했다. CEO가 문화 감성이 있는데 그곳에서 일할 생각이 있느냐고 물어왔다. 도울 佑에 수풀 林, 우림이란 이름은 그렇게 운명처럼 먹고사는 문제와 사회적 가치를 연결시키는 길이 되었다. 문화 감성까지 녹여낼 수 있으니 나에게는 잘 맞는 일터였다.

밤낮없이 열심히 살았다. 낮에는 직장에서, 밤과 주말은 사회적 가치에 맞는 현장에서 많은 일을 할 수 있는 감사한 시간이었다. 덕분에 절대빈곤에서 벗어나 먹고살게 되었고, 집칸이나마 마련해 생활이 안정되었고, 기업문화와 기업사회공헌이란 사회적 가치를 실현했으며, 많은 인연을 만났다.

이는 현재 삼달다방의 마중물이 되었다.

기업과 시민사회 중간에 머물며 사회 각계각층의 리더들과 지식을 나눈 기업문화 강연 200여 회, 1996년 입사 때부터 진행한 책 나눔, 시 문화(매주 매월 회사의 모든 회의를 시로 시작했다)는 건강한 기업문화를 모색한 직장생활의 자부심이었다. 나는 책 나눔 전도사를 자처했다. 아파트 단지에 도서관 세우기, 시비와 시문화 운동을 할 때도 행복했다.

이 모든 것이 심영섭 회장이라는 좋은 리더를 만나 가능했던 큰 행운이었다. 어려운 여건에서 활동하는 여성 공익 활동가를 위한 빈곤여성장학사업, 수많은 장애인·아동·여성의 삶터를 바꾼 공간개선지원사업, 장애인차별금지법 제정을 위한 캠페인 지원사업(대외적으로는 장애인 지원이란 표현을 썼다) 등 우리 사회 초창기 기업사회공헌을 시작할 기회도 얻었다.

"잘 보이지 않는 좁은 길을 찾아서 기어이 가고 마는~"이라는 소설가 김별아의 말처럼 모두 개인의 가치와 기업의 가치가 함께 가는 길이었다.

그렇게 소중했던 사회생활 전반기의 삶은 베체트라는 희귀난치성 자가면역질환을 만나면서 자연스럽게 '쉼'으로 이어졌다. 귀한 숨 고르기의 시간을 가지며 두 번째 인생을 설계하기 시작했다.

후반전 휘슬이 울렸다

'마을이 어질어야 나도 행복하다'라는 뜻으로 내가 좋아하는 글귀가 있다.

里仁爲美 (리인위미)

제주 발달장애인가족 사회적협동조합 '별난고양이꿈밭'과 삼달다방이 함께하는 흙놀이캠프

인생 후반기, 나는 가치 있게 살고 싶었다. 이 땅에서 사람과 함께 공동체가 아름다워지는 삶을 살아가면 좋겠다고 생각했다. 지금까지 내가 행복해하며 했던 일들을 사람들과 어우러져 함께하고 싶었다. 건강한 사회적 소수자의 삶을 지탱하는 사람들을 지지하고 또 장애인·비장애인이 차별 없이 사는, 누구도 차별받지 않는 공간을 만들어보자 결심했다.

꿈을 실현할 터전을 만나 내 생각을 구체화하는 시간을 가졌다. 지금의 삼달다방 터에 분홍집(대안대학교 청년들과 적정기술 집짓기 기술을 습득하는 과정으로 함께 세운 3평짜리 타이니 하우스 공간)을 만들어놓고, 해는 어떻게 뜨고 지는지, 비는 내려 어디로 흐르는지, 제주도의 바람은 어떻게 부는지 지켜보았다.

그러면서 '나는 왜 이 공간을 짓는가?', '어떤 공간을 만들 것인가?', '누가 머물 것인가?', '제주도와 육지를 잇는 공간은 가능한가?', '장애인·비장애인의 차별 없는 공간은 가능한가?', '나의 인적·물적 자산은 무엇인가?' 등 어떤 일을 시작할 때 생각하는 일들을 곱씹으며 시간을 보냈다.

가치적으로 자유로운 공간을 꿈꾸다

우리 사회에서 문화공간을 만들 때 건물을 지어놓고 콘텐츠를 채우려는 경우가 많아 맞지 않은 옷을 입은 듯 공간이 유휴화되는 일이 허다했다. 그래서 삼달다방에서 이루어질 다양한 사람의 이야기를 먼저 생각했다.

가치적으로 누구나 자유롭고 누구나 환영받는 "We welcome ALL."

장애·비장애, 인종과 민족, 국적, 남녀노소, 성적 정체성에서 자유로운 공간을 만들면 좋겠다고 여겼다. 이는 현재까지도 삼달다방을 운영하는 데 있어 큰 지향점이다.

또 하나 생각한 점이 돕는 사람을 돕는 공간을 만들고 싶다는 것이었다. 1991년 이후 나의 삶은 지속적으로 척박한 장애인권 향상을 위해 노력한 장애인권 활동가, 남녀 평등한 세상을 위해 나선 여성 활동가, 빈곤 아동을 돕는 활동가, 보편적 인권옹호 활동가들과 보낸 시간이었다. 공익적 삶에 헌신하는 사람들이 번아웃 전에 충전하고 적정한 쉼을 가질 수 있도록 지원하는 공간을 만들어보고 싶었다.

물리적 공간에도 가치를 담았다

앞서 언급한 해가 뜨고 지는 시간을 담고, 물이 흐르는 과정 등 자연의 흐름을 반영하고, 누구나 머물 수 있는 배리어프리(barrier free) 공간을 떠올렸다. 일단 집으로 들어가는 공간에 턱을 모두 없애고, 창문은 낮게 배치하고, 화장실을 장애인이 이용할 수 있게 하고, 건물과 건물 사이는 경사로로 이었다. 사실 배리어프리 공간은 개인이 건축하기에는 경제적 부담이 있어 작은 용기가 필요했다. 단열, 공간의 소음 문제도 해결해야 했다. 이 모두를 감당하겠다 마음먹은 이유는 배리어프리 공간이 사람의 마음을 잇는다고 믿기 때문이었다.

나는 삼달다방이 사람이 이어지는 공간이기를 희망한다. 건강한 우리 사회 공동체를 생각하고 대안을 모색하고 활동을 연대하며 선한 영향을 주고받는 사람들이 있는 공간이기를 희망한다. 더불어 징검다리처럼 건강한 사람으로 이어지는 열린 공동체이자 열린 공간이 되기를 희망한다. 돕는 사람들이 지치기 전에 충전이 이루어지는 공간이기를 바란다. 그 옆자리에 있고 싶다.

그 고민의 결과를 담아 '오렌지가 좋아!', '초코는 달콤해', '숫사자', '분홍 종이배' 방을 만들었다.

사람과 함께 가겠다

9년여간 삼달다방을 사랑하며 공간의 문화를 만들어준 사람들에게 깊은 감사의 마음을 전한다. 물리적 공간을 함께 세운 탈루, 조정호, 칼잡이, 루니, 석탄 님에게도 고맙다. 삼달다방의 부족한 글솜씨를 채워준 책의 필자들 난다, 류승연, 박미리, 박옥순, 박정경, 배경내, 여준민, 이규식(홍은전), 임종진, 조민제, 조성일, 조형근, 지석연 님께 감사드린다. 끝으로 특별히 사랑하는 엄마와 삼달 하늘의 별이 된 초코와 올해 전국장애인차별철폐연대(전장연) 사무총장 활동가를 졸업한 인생 도반 박옥순에게 이 책을 전한다.

삼달다방의 사람 이야기는 이제부터 시작이다.

삼달다방지기 **이상엽**

이 책을 추천합니다

삼달다방은 씨앗공간이다. 씨앗의 형태만 보고는 그게 무엇이 될지 짐작할 수 없듯 끊임없이 형태를 바꾸고 진화해 나간다. 내가 꿈꾸는 어떤 일이 있을 때 그게 어떤 식으로 흘러갈지 미리 가늠해볼 참고서 같은 공간이기도 하다. 새로운 공간을 창조하는 쥔장 이상엽의 솜씨는 섬세하고 탁월하다. 모네의 〈수련〉 작품만을 전시하기 위해 설계된 공간처럼 삼달다방은 장애인·비장애인 누구도 차별받지 않는 공간으로 존재한다. 공간에 사람을 맞추는 게 아니라 사람과 개념이 먼저 있고 공간을 거기 맞췄다.

　누군가를 돕는 사람을 돕는 공간으로 자리매김한 삼달다방의 씨앗이 만개하고 있다. 그렇게 아름답고 설레는 기록이 이 책이다. 읽기만 해도 좋다. 이 꽃피우는 데 나도 뭔가 하고 싶게 만드는 공간이 있다는 건 신나는 일이다. 살맛 나는 일이다. 300/300에 몸과 마음 보태주시라. – 이명수(부축 응원자)

삼달다방 주인장 이상엽은 '오지랖쟁이'다. 장애인 활동가들만이 아니라 인권 활동가들이, 시민사회 운동계의 많은 사람이 도움을 요청할 때마다 팔을 걷어붙이곤 한다. 그의 대단한 능력은 사람 관계에서 나오고, 믿음에서 나온다. 희귀난치병을 앓고 직장을 퇴직한 다음 그는 '모두를 환대하는 그런 공간'의 꿈을 제주도 삼달리에 만들었다. '삼달다방'을 처음 들었을 때 '촌스럽다'는 느낌이었는데, 이제야 그 다방이 '모두 다' 할 때의 다인 줄 알겠다. 중증장애인들이 머물면서 제주도를 여행하고, 탈성매매 여성들이 쉬었다 가고, 지치고 마음을 다친 사람들이 쉼을 통해서 다시 기운을 찾는 공간이다.

이 책에서 이상한 나라의 삼달다방 이야기를 이상엽 본인과 다양한 분야의 13명이 풀어낸다. '나누며 같이 살아가는 공동체'의 꿈이 그곳에서 자라난다. '이런 게 가능하구나' 감탄을 낳게 하는 곳인 삼달다방. 오지랖쟁이 이상엽은 이제 삼달다방의 다음 단계를 상상한다. - 박래군(4·16재단 상임이사)

좀 웃긴 이야기인데, 10대 때 청소년 인권운동을 처음 시작했던 나에게 선배 활동가가 제일 처음 가르쳤던 개념이 바로 그람시의 '진지전'과 '기동전'이었다. 겉으로 드러나는 투쟁, 이슈 파이팅 등이 전부가 아니다, 운동이 잘 안 될 때나 후퇴할 때에도 실망하지 말고 꾸준히 버티고 힘을 비축하는 진지전이 필요하다는 이야기였다.

요즘 많은 활동가가 쉬러 가는 삼달다방을 보면 그런 '진지'가 떠오른다. 쉬러 갈 수 있는 곳, 힘을 모을 수 있는 곳, 밥을 먹고 잠을 자고 다시 싸우러 갈 수 있는 곳. 삼달다방 이야기를 읽다 보면 활동가들의 진지에 필요한 것은 무기도, 장벽도 아님을 알 수 있다. 우리가 만나고 연결되는 것이야말로 우리를 버티고 힘내게 함을 삼달다방이 실천으로 보여주고 있다. - 공현(청소년 인권운동 활동가)

프롤로그_돌아보니 '사람 여행'의 시작이었다 4
이 책을 추천합니다 12

1장
마음을 모아 지은 이야기 **삼달다방**

18 나는 지금 삼달다방에 있다 | 박옥순
44 제주도 한달살기의 꿈 | 이규식 구술 · 홍은전 기록
60 물들어가는 시간 | 배경내
74 사람 사이를 잇다 | 류승연

2장
사람들이 만들어내는 공감의 빛 **무지개동**

100 공간 이야기 1_무지개동
106 사람 맛집, 삼달다방에 찾아든 인연들 | 이상엽
138 무너져도 괜찮아, 구를 수 있으니까 | 난다
150 '무심'이란 이름값하며 사는 사람 | 여준민
160 별이 된 초코를 기억하며 | 조형근

3장
고요와 활력이 공존하는 **문화동**

| 174 공간 이야기 2_문화동
| 178 삼달에 머문 노래 편지 | 박미리
| 188 탈성매매 여성들과의 치유 여행 | 임종진
| 198 사람을 잇는 노래, 사람을 잇는 공간, 닮은 우리 | 조성일
| 212 〈니얼굴〉 상영회를 다녀와서 | 박정경

4장
이해와 존중의 마음 **이음동**

| 224 공간 이야기 3_이음동
| 230 이음 여행, 이음동 건축 이야기 | 이상엽
| 240 무사히 할머니가 되고픈 언니들, 휠체어 타고 제주도 여행 | 조민제
| 252 삼달다방에 기대하는 건강 커뮤니티, 공간-사람-활동-이음 | 지석연

5장
그럼에도 다시 시작하는 **무방과 쌍차**

| 268 공간 이야기 4_무방과 쌍차
| 270 무뺑차 그리고 어머니 | 이상엽
| 284 삼달다방에 깔려 있는 업사이클링 철학 | 박정경
| 288 마음과 마음이 만나다: 커피와 쌀이 떨어지지 않는 삼달다방 | 이상엽

에필로그_삼달이 꿈꾸는 삼달 302

마음을 모아
지은 이야기

1장

삼달다방

박옥순 오케이

30년이 넘도록 장애인 운동 현장을 지키면서 장애인차별금지와 탈시설장애인 운동을 했다. 또 장애등급제와 부양의무제 폐지, 장애인 이동권 보장, 장애인 노동권 확충 등 일상의 다양한 부분에서 장애인이 차별받거나 배제되지 않고 권리를 보장받도록 수많은 의제를 한국 사회에 제기했다. 대학에서 신문방송을 전공하고, 졸업 후 노동현장 이슈를 다루는 〈월간노사〉, 장애인신문사, 장애인 복지를 위한 공동대책위원회 등에서 일했다. 2020년 12월에는 한국장애인인권상 '인권실천'상을 받기도 했다. 전전국장애인차별철폐연대 사무총장이었으며, 현 장애와인권발바닥행동 대표다. 삼달다방 안주인으로 무심과 함께 삼달다방도 꾸려가고 있다.

나는 지금 삼달다방에 있다

삼달다방 책을 준비한다는 이야기를 남편에게 들은 후 얼마 지나지 않아 편집자의 전화를 받았다. 삼달지기가 아니라, 그를 바라보는 짝꿍의 입장에서 삼달다방 그리고 남편의 이야기를 했으면 한단다. 삼달다방 이전, 제주도 땅 이야기를 들었을 때부터 내 시선에서 이야기를 풀어내주었으면 한다는 것이다.

남편이 제주도 땅을 사고 싶다는 이야기를 했을 때, 남편이 꿈을 향해 가는 것으로 보여서 좋았다. 하지만 내가 제주도 삼달다방이라는 곳에서 현재처럼 지낼 것이라는 생각을 한 적은 없다. 그 땅에 건물을 지을 때 역시 나는 제주도에서 살 생각을 전혀 하지 않았다. 그저 꿈을 향해 가는 남편이 있는 여행지였다.

그런데 나는 지금 제주도 삼달다방에 있다.

나는 삼달다방에서 무엇을 보았는가? 왜 내가 이곳에 있는 것일까? 그 이야기를 나누고자 한다.

초코랜드 출현

그러니까 그 시작은 지금으로부터 몇 년 전의 일이다. 남편이 집에 없기에 회사 일로 출장이 있나 보다 생각했다. 햇살이 참 좋은 휴일에 점심시간이 다 지났을 무렵으로 기억한다. 늦은 아점을 하고 초코랑 소파 위에서 뒹굴거리고 있을 때 남편의 전화를 받았다.

"어디야?"

"제주도."

"잘 있다가 와."

"응. 여기 좋은 땅이 있어."

"응? 아! 좋은 땅이 있구나."

"반나절 동안 이곳에 머물렀는데 정말 편안하고 행복해."

"응, 그렇구나. 참 좋네."

"이 땅을 사고 싶어."

"그렇구나. 참 좋다. 그런데 돈 있어?"

"이 땅 살 돈은 있어."

"아! 잘됐네. 오케이!"

"고마워."

"그리 말해주니 고마워. 언제 와?"

"내일 집에 갈게."

"응. 어여 와. 건강하게 잘 있다가 와."

이렇게 통화가 끝났고, 얼마간 나는 땅 이야기를 잊었다. 남편이 땅을 사기 위해 돈을 어떻게 만들었는지, 땅을 판 사람과 부동산 분과 어떻게 연결해 등기를 했는지, 도중에 남편이 설명했지만 그런 일이 있구나 했다.

남편은 육지 집에 와서는 가끔씩 도화지에 그림을 그리며, 이 땅 위에 무엇을 어떻게 세울지, 어떤 밭을 만들지, 사람들이 왔을 때 어떻게 하면 좋을지, 그 사람들과 무엇을 나눌지 진지하게 조곤조곤 이야기하곤 했다.

그때, 남편은 그 땅 이름을 '초코랜드'라고 하자고 제안했다. 이유를 물으니, 마누라와 자신이 초코를 무지 사랑하니까 이 땅도 그렇게 사랑했으면 하는 바람이란다.

아무렴 좋지.

어느 때는 제주도의 그 땅에서 무엇을 하고 싶은지의 생각이 자신의 머릿속에서 꺼내어달라고 아우성친다며 두 손으로 머리를 부여잡기도 했다. 나는 그저 웃으면서 고개를 끄덕였다.

남편은 부지런히 제주도를 오갔다. 남편이 퇴직하면서 제주도에 있는 시간이 많아졌다. 그렇게 시간이 지나면서 어느 날, 제주도 삼달리 그 땅에 임시 거처로 사용할 수 있는 이동식 농막 분홍집을 지었다며 사진을 보내줬다.

진짜 참 예뻤다.

예쁘다는 말에 남편의 긴 설명이 이어졌다. 제주도 삼달리에 있는 '지구평화마을센터'의 청소년들이 실습으로 지은 집이고, 안팎 꾸미기를 함께했다고 한다. 남편의 목소리는 둥둥, 설렘 그 자체였다.

안양 집을 팔아야 할 것 같아

그렇게 1년 넘어 지났을까, 어느 날 남편이 전화했다.

"이 땅에 건물을 지어야겠어."

"아! 그 땅에서 무엇을 할지 구상이 끝났어?"

"초기 구상은 했어. 건물을 지으면서 조금씩 살을 덧붙이면 될 것 같아."

"잘됐네. 그런데 돈이 있어?"

"음, 그래서 걱정이야. 안양 우리 집을 팔아야 할 것 같아."

"걱정 안 해도 되겠네. 다행이다. 오케이!"

"집을 팔아도 괜찮아?"

"어떤 점이 괜찮냐는 거야? 남편이 편안하고 행복해하는 제주도 땅에 집을 지을 돈이 있으니까 다행인 거지."

"집이 없어지는데 불안하지 않아?"

"불안? 글쎄, 남편이 꿈을 꾸고 그것을 이룰 수 있는 상황이어서 다행이라는 생각이 들어. 그리고 산 사람 입에 거미줄을 치겠어? 남편과 나, 초코랑 적게 먹고 적게 싸면 되지, 하하하."

"마누라 말이 맞네. 하하하. 그렇게 말해줘서 고마워."

저음에 말수가 적은 그이가 한껏 상기된 목소리로 말한다. 자신의 꿈을 향해 달려가는 남편의 모습이 한없이 보기 좋았다.

통화를 마치고 또 나는 대체적으로 잊고 지냈다. 내가 일하는 단체는 여느 시민단체와 마찬가지로 많이 바쁘다. 그런 이유로 남편이 육지에 가끔씩 와서 제주도 삼달리 이야기를 할 때마다 그저 고개만 주억거리며 듣곤 했다.

제주도 친구들과 함께 집짓기

얼마 후부터 공사가 시작됐다. 안양 집이 팔리자 나는 안양의 작은 오피스텔에 머물고, 남편의 제주도살이가 본격적으로 시작됐다. 봄 여름 가을 겨울을 지나면서 남편이 입은 옷이 나날이 남루해졌고, 늘 먼지 쓴 모습이었다. 그런 장면을 사진 찍어 보내면서 남편은 대단히 행복해했다. 가끔 영상도 보냈는데 그걸 보면 삼달다방의 완성도를 살필 수 있었다. 마지막으로 페인트칠을 하는 과정에서 남편은 자주 자신의 사진과 영상을 보내왔다.

"거의 다 돼가."

이 짧은 메시지에는 기다림, 설렘이 연결되어 있는 듯했다.

남편은 동네에서 막걸리 한잔하며 사귄 친구들과 함께 공사하는 점을 가장 뿌듯해했다. 철을 다루는 철수-루니와 나무를 다루는 정호-석탄 등 모두가 동네 친구다. 여기에 시누이 남편까지 더해 소중한 인연들과 막걸리를 기울이며 깊은 우정을 나누고 이를 연결해 의미 깊은 집짓기를 하는 자신을 못내 자랑스러워했다.

나는 가끔씩 생각난 듯이, 땅을 사고 건물이 완공될 때까지 대여섯 번 제주도에 갔다. 삼달다방이 무밭이었을 때, 내게도 그 무밭은 평온하고 행복했다. 남편의 선택이 참 좋았구나 하는 생각에 남편의 엉덩이를 토닥였다. 그 느낌을 전달받은 남편은 씨익 웃으면서 으쓱댔는데, 자랑스러워하던 그 표정을 잊을 수가 없다.

기억에 남는 제주도 행을 소개하겠다. 분홍집이 지어졌을 때다. 사나흘 예정의 제주도살이에서 나는 분홍집에서 단 하루만 잠을 잤다. 1~2월경의 제주도는 내게 정말 추웠다. 나머지 숙식은 동네 친구 뭉이네(탈루와 들 집)에서 해결했다. 남편이 제주도살이를 처음 시작할 때 뭉이네서 지냈듯이, 나도 자연스럽게 뭉이네서 지냈다.

남편과 내가 제주도에 적응하는 데 일등공신은 뭉이네다. 18년 전에 입도하여 삼달에 머물며 수많은 육지 사람의 초기 제주도살이 안정에 협력하는 것은 물론이고, 따뜻한 품성을 포함하여 자연스러운 삶을 향한 지향이 남다르다. 삼달다방 터도 뭉이네의 탈루가 소개했기에 남편도 나도 평생 고마운 마음으로 연결될 것이다.

도시 생활에 젖어 있는 내게 화장실이 없는 분홍집은 불편할 수밖에 없었다. 내가 분홍집에서 잔 날 남편은 1~2시간마다 깨어 계속 불을 지폈다는 얘기를 나중에 들었다. 정말 수고가 많았을 것 같아서 고맙고 미안했다.

내가 분홍집에서 보다 따뜻하고 편안하기를 바라는 마음으로 밤잠을 설치며 작은 난로에 통나무 조각을 넣는 모습을 상상하면 지금도 마음이 짠하다. 그럼에도 추위로 나는 하루 만에 두 손 들고 뭉이네로 옮겼다. 그 작은 난로는 지금, 이음동 옆 통합그네 옆에서 멋진 설치 예술이 되어 많은 사람의 눈길을 사로잡는다.

무지개동과 문화동이 거의 완공 무렵이었던 2017년 여름, 주말을 끼고 약 열흘 정도의 연차 휴가를 내어 삼달리에 머물렀다. 그때는 이미 손님이 숙박을 하던 시기다. 이른 아침에는 아침식사를 준비하고, 풀 뽑기를 했다. 제주도는 햇살이 좋고 비가 많이 와서 풀이 무진장 잘 자란다. 뽑고 돌아서면 풀이 줄지어 따라오는 모습인지라 하루라도 뽑지 않으면 무성해진다. 전라도 김제 금만평야 농부의 딸인 나는 풀 무성한 꼴을 두고 보지 못한다.

여행인지라 느지감치 일어나는 손님과 늦은 아침식사를 했다. 육지로 돌아가는 사람, 제주도 여행을 할 사람들이 삼달다방을 떠나면, 남편과 점심을 나눴다. 남은 손님이 있으면 함께했다. 그러고는 뜨거운 햇살에 맨몸으로 나갈 엄두를 내지 못하고 자동차를 끌고 표선이나 성읍에서 장을 보고, 돌아오는 길에 잠시 바닷가에 멈추어 쪽빛 바다를 보거나 오름에 올랐다.

이때 남편은 관광객은 잘 모르는 개발되지 않은 제주도 동쪽 비경을 안내했다. 이를 자신이 꼽는 최고의 멋진 모습으로 생각하는 듯했다. 개인적으로 멋진 풍광이나 경치 등에 큰 관심이 없는 내게 남편의 이런 모습은 대단하게 다가왔다. 연애할 때도 그랬지만, 결혼 후에도 끊임없이 예쁜 찻집, 멋진 풍광을 안내하고 장소를 역사와 엮어 풀어내는 것을 참 좋아하는 사람이다.

'무심 투어'라는 말이 생겨난 이유이기도 하다.

제주도의 햇살과 바람, 그리고 바다

"오늘은 OOO 카페에 갈까? 제주도 햇살과 제주도 바람, 제주도 바다를 마음껏 누릴 수 있는 곳이야."

"어디에 있는데?"

"바다 건너 성산 일출봉과 우도가 함께 보이는 곳에 있는데, 꽤 아름다워. 나는 혼자서 가끔 가서 있다 와. 그럼 많은 상념이 사라지고 참 좋아. 마누라랑도 지난번에 갔지."

"아, 그래? 가자! 그런데 마누라가 좋은 경치나 예쁜 곳에 별 관심이 없는 것을 잘 알면서 이렇게 안내하는 이유가 뭐야?"

내 질문에 남편은 쑥스러운 듯 입가에 작은 미소를 띠었다.

"내가 좋아하는 곳을 마누라도 좋아하면 좋겠다는 생각이 있고, 꼭 그렇지 않더라도 마누라랑 함께 좋은 곳에서 시간을 보내고 싶으니까. 그리고 예전에 비해 마누라가 자주 기억해주는 것 같아 기분이 좋아. 겉으로는 내색하지 않아도 그런 곳에 다녀오면 마누라 얼굴이 더욱 밝아지는 것 같고."

"그렇구나. 맞아. 나두 요즘은 자주 기억이 나서 좋아. 내 일에만 집중해서인지 그 외는 잘 생각나지 않았는데, 제주도에 있다 보니 내가 조금 달라진 것 같아."

제주도의 햇살과 바람, 그리고 바다와 제주도의 비가 내리는 이곳이 너무나도 좋다는 남편이 가자는 대로 가는 순간, 그 자체가 경이롭다.

저녁식사 시간이 다가오기 전에, 손님이 하나둘 돌아오기 전에 꼬옥 해야 할 일이 있으니 서둘러 삼달다방으로 향했다. 침대 시트를 갈고, 청소를 했고, 저녁식사를 준비했다.

내가 처음으로 침대 시트를 갈고 청소한 날을 또렷이 기억한다. 땀을 한 바가지 쏟아냈고, 허리를 펴기가 무척이나 힘들었다. 간간이 식혀주는 바람이 없었다면, 도중에 그만두었을지도 몰랐다.

특히 3~4개의 화장실 청소는 대박이었다. 이때 갑자기 남편이 얼마나 힘들었을까 하는 생각이 훅 들어오면서 마음이 애달파졌다.

갑작스럽게 눈물이 뚝뚝 떨어졌다. 청소하던 침대에 주저앉자 한동안 통곡을 이어갔다. 가슴 저릿한 그날을 생생하게 기억하는 이유는 다름 아닌 가족에 대한 내 마음을 살핀 날이어서다.

결혼 전이나 후 친정식구를 포함해 남편 역시 늘 내 곁에서 나를 둘러싸고 내가 하는 모든 활동을 적극적으로 지지하고 지원했다. 그들은 내게 무엇을 요구하지 않았고, 나 또한 생각한 바가 없었다. 학교 졸업 이후 내내, 내가 하고픈 일만 했다. 그럼에도 아무 사달이나 흔들림이 없었던 것은 그런 나를 온전히 존중하고 협력해준 가족 덕이었다.

가족과 함께 살자

혈육이든, 부부든, 동거인이든 협력과 연대가 있어야 보다 재미나고

2008년 석암재단(현 프리웰)에 대응하기 위해 '석암재단 비리 척결을 위한 공대위'를 꾸렸다. 박 옥순 활동가를 중심으로 왼쪽에는 박김영희 현 장애인차별금지추진연대 대표, 오른쪽에는 윤종술 현 전국장애인부모연대 회장이 있다. 사진 전진호 신나는 일상이 이어진다. 그럼에도 나에게는 그 마음이 적었고, 가족이 내게 그런 요구를 하지 않았음을 확인하면서 내 마음에 풍파가 일었던 일대 대사건의 날이었다.

그날, 나는 남편에게 아무런 말을 하지 않았다. 청소하느라 힘들었다는 말도, 그동안 남편이 많이 힘들었겠다는 말도 하지 않았다. 말을 하는 순간에 비죽거리며 울음이 입술 사이로 터져나올 것 같았다. 땅을 사고, 분홍집에서 자고 먹고 생활하며, 긴 기간 동안 동네 친구들과 집을 짓고, 손님을 맞이하고, 함께 식사하고, 청소하고, 또 손님과 아쉬움의 작별을 하기까지, 그동안 남편은 내게 힘들다고 얘기한 적이 거의 없었고, 나도 질문한 적이 없었다는 사실을 나 혼자 직면할 필요를 느꼈다.

처음으로 장기간 삼달다방에 머무르며 가족에 대한 내 마음을 살폈던 것이 내게는 너무도 고통스러웠지만, 한편으로 많이 다행스럽게 느껴졌다. 이제라도 알아서 정말 다행이었다. 가족과 함께 살자는 마음이 가슴 밑바닥에서부터 올라온 날이었다. 나는 활동을 정리해야겠다는 심각한 고민까지 했다.

내가 활동하는 조직은 전국장애인차별철폐연대(이하 전장연)이다. 장애인의 권리 회복을 향해 의제를 찾아 기획하고 조직하고 집행하는, 그러니까 싸움을 만드는 투쟁체다. 기자 회견, 집회 등으로 365일 중에서 360여 일을 투쟁하는 조직. 1일 평균 0.9회의 투쟁을 한다.

2012년부터 시작한 전장연 사무총장으로서의 직책을 포함하여 장애우권익문제연구소, 장애인차별금지추진연대, 장애와인권발바닥행동으로 이어져 30여 년 넘게 활동하면서, 내 마음은 장애운동에 집중되었고, 투쟁하는 내 동지들과 내 조직에 주목했다. 아주 작은 일에서 큰 사건까지 내게 골골이 노출되었고, 그들로 인해 행복했고, 그들로 인해 슬펐고, 그들로 인해 고통스러웠으며, 그들로 인해 신나고 재미있었다.

나는 그저 내가 일하고 활동하는 공간, 사람과 마주하는 삶이 전부였다. 그곳에서 내 행복, 슬픔, 고뇌와 고독이 생겨났다가 사라졌다. 그러다 보니 가족과 함께하는 시간을 내고 가족에게 집중하는 것은 내 삶 중에서 겨우 한 줌일까? 가족 대소사에 참여하는 것만으로 가족들은 환호했고, 반가워했고, 기꺼워했다. 나 역시 그것으로 족했다.

이런 점에서 시어머니를 포함하여 시댁 형제자매도, 남편도 참으로 무던했다. 결혼 후 시어머니와 7년을 동거했다. 새벽에 출근해 다음 날 새벽에 귀가하는 며느리를 전통적 가치를 가진 시어머니는 어떻게 감당했을까? 언젠가 한번 시어머니가 "너는 출근하면 꼬옥 이틀 만에 집에 들어오는데, 그래도 건강이 괜찮냐?"라고 질문했던 기억이 난다.

또 "너를 내 막내아들이라고 생각한다"라고 말씀해 적잖게 놀라기도 했지만 그때뿐이었다. 독립해 살 때 일주일에 한 번씩은 시어머니를 포함하여 시댁 가족들과 식사하는 시간을 가졌다. 나는 그때도 참여하지 못한 날이 많았다. 이에 대해 아무도 힐난하거나 비난하지 않았다. 그저 참여하는 자체만으로 환영하며 맛난 음식을 내어주고, 도리어 바리바리 음식을 싸주셨다.

남편과는 약 30여 년의 인연이다. 남편은 대학 4년생으로, 나는 장애인단체의 상근자로 만났다. 늘 묵직하고 단단한 모습으로 말없이 곁에 있던 사람! 그는 상근 활동가보다 더 열심히 내가 속한 단체를 지원했다. 담당자와 계속 소통하면서 혼자 하기 어려운 일은 자원 활동가를 조직해 해냈고, 예산과 사후 정리정돈까지 떠맡았다.

1994년 장애인·노인·임산부 등의 편의증진법 제정을 향한 함께걸음 시민대행진, 1996년 북경여성대회 참가를 위한 일일호프, 2006년 장애인차별금지법 제정 투쟁 2일 주점을 도왔을 뿐만 아니라 사무실이 이사 다닐 때마다 어디에선가 돈을 끌어와서 리모델링 공사비를 충당했다. 또 당시 무심이 다녔던 우림건설이 장애인차별금지법 제정 투쟁을 후원하게 만든 일도 있다. 늘 운동단체의 예산 부족을 걱정하며, 콘서트 등으로 모금도 진행했다.

7년 동안 협력 활동을 한 사람이 어느 날 가슴 쿵쾅거리는 매력남으로 내게 다가왔고, 8개월여 연애 끝에 결혼했다. 이후 결혼생활을 하는 내내 남편은 내가 운동하는 데 큰 자원이 되었다. 운동을 함께한 활동가이자 동료로서 힘이 되어주었다.

이음동 건축

"마누라! 규식이 청약저축을 해지해서 500만 원을 보냈어. 허허허."

기분이 매우 좋으면서도 뭔가 헛헛해하는 남편의 웃음이었다.

"응? 남편에게 보낸 거야?"

"응! 내게 500만 원을 보냈어."

"왜? 무슨 일이 있어?"

"이곳에 장애인도 한달살기를 할 수 있는 집을 지었으면 좋겠다며 보낸 거야."

"500만 원 가지고 집을 지을 수 있어?"

"아니지. 집 설계비만 약 600만 원이 들 거야."

"돈은 있어?"

"대출 받으면 돼."

"남편은 대출을 싫어하잖아."

"그렇긴 하지. 하지만 농어민 대출은 이자가 무지 싸."

"그래? 다행이다. 융통할 곳이 있어서….."

"마누라는 괜찮아?"

"응. 남편이 알아서 다 잘할 테니까."

"걱정 안 돼?"

"글쎄, 나는 걱정이 별로 안 되는데… 남편이 할 만하니까 하겠지 싶은데."

"고마워. 추진할게."

"그런데 한 가지 걱정되는 게 있는데….."

나는 말끝을 흐렸다.

"내 건강 걱정이지?"

"응."

"걱정 고마워. 하지만 내 몸 살핌도 열심히 잘할게."

"오케이! 파이팅!"

그리고 바로 무지개동과 문화동에 이어 세 번째 건물, 이음동 공사가 시작됐다. 무지개동과 문화동을 지을 때 내내 철수와 목수의 식사를 만들고 함께 공사까지 해 남편의 몸이 많이 걱정됐다. 희귀난치성 자가면역질환의 일종인 베체트병을 가지고 있기에 몸을 혹사하면 여파가 상당했기 때문이었다. 그래도 남편 건강을 걱정하는 내 마음을 알기에 조심할 것이라 생각하지만 말이다.

선택과 집중, 마음이 이끄는 대로

열흘간 삼달다방에 있다 온 후 나는 큰 결심을 했다. 모든 활동을 정리하고 가족에게 집중해야겠다는 마음이었다. 초코도 제주도로 데려간 터였다. 육지에서는 내가 이른 아침에 출근하면 새벽녘에 돌아올 때까지 혼자 오피스텔에 우두커니 있어야 하는 초코가 너무도 안쓰러웠다. 열세 살 초코는 걸음이 상당히 느려졌고, 내 품에만 있고 싶어 했다. 제주도에서도 삼달의 바람과 햇살을 좋아했지만 초코는 내 사랑에 집중했다.

사랑하는 초코와 더 이상 떨어져 살 수 없다는 생각을 했다. 활동을 계속 이어가기에는 내 건강 상태 역시 마음에 걸렸다. 어디가 마구 아픈 것은 아니지만 지속적으로 피곤했다. 숙면을 취하면 1~2시간만 반짝 상쾌하고 온종일 녹초 상태다. 중간에 눈을 감고 누워 있지 않으면

원하는 대로 내 몸이 움직여지지 않았다. 그저 모든 것이 귀찮았다.

타인의 시선으로 보면 무지 게으르게 비칠 가능성이 컸다. 좀 더 피곤하면 타인의 말조차 제대로 들리지 않았다. 나도 모르게 '화'의 열기를 느꼈다. 사실, 별일이 아님에도 여러 차례 화를 내기도 했다. 그러고는 급후회했고, 그러면 민망하고 부끄러웠다. 내 잘못을 알아차리는 순간, 바로 사과하는 성격이어서 다행이었다.

나이 마흔아홉에 혈액순환이 제대로 되지 않는 내 몸의 상태를 병원의 진단을 받고 나서야 인식했다. 그즈음 일을 전혀 할 수 없을 정도로 모든 것이 귀찮았는데, 그것이 혈액순환 문제 때문이라니…. 태어날 때부터 일명 '코끼리 발(다리)'이라는 림프부종을 가지고 있었다는 것도 그때 알았다. 그저 한 쪽 발과 다리가 다른 쪽에 비해 부어 있구나 정도만 인식했지 이것이 질병이라는 생각은 한 적이 없었다. 자꾸 동료들에게 화를 내고, 근무 시간에도 꼼짝달싹하지 못하는 시간이 길어졌다.

어찌할 도리가 없어 병 치료에 집중했다. 태어날 때부터 가진 질병이어서 그런지 양의사는 별도리가 없다며 운동하라고 말했고, 한의사는 여러 방법으로 혈액순환을 돕는 방안을 제시했다.

지금도 기계의 힘을 빌려 매일 1~2시간씩 발다리 마사지와 1시간여의 운동을 하지 않으면 피곤이 몰려온다. 그러면 1~2시간은 족히 가만히 누워 있어야 다시 힘을 낼 수 있다.

이런 이유로 2년마다 돌아오는 전장연 사무총장 임기 만료 시기에, 활동을 지속하기 어렵다고 말했다. 1일 평균 0.9회 투쟁하는 조직에

서 내가 함께 투쟁에 나설 수 없었던 게 첫 번째 이유였고, 두 번째는 그래서 동료들에게 너무 미안해 몸이 쪼그라들었기 때문이었다.

세 번째는 앞에서도 말했듯이 가족의 일원으로서 내 역할을 해야 한다는 것이었다. 아니, 꼭 무슨 역할을 하는 게 아니라도 가족 곁에 머무는 것이 내 마음을 좀 더 편안하고 행복하게 만듦을 발견했다. 고통스럽고 뼈아픈 인식 앞에서 겨우 힘을 내어 활동을 정리하고 싶다고 말한 나에게 동지들은 적극적으로 공감을 표시했다.

결과적으로 정리하지는 못했다. 내가 아직도 장애운동 안에서 해야 할 일이 있다고 생각하고 있음을 확인했기 때문이었다. 내가 준비되지 않았고, 조직도 준비가 아직 안 됐구나 하는 마음이었다. 내 조직에는 6년간 활동하면 1년의 안식년을 가지는 제도가 있다. 사직 대신 안식년을 사용하기로 했다.

2019년 7월 19일, 안식년을 시작했다. 1년 동안 오직 삼달다방에 집중하고, 내 남편과 초코에게 집중하려고 했다.

안식년, 지금은 잠시 쉬어도 돼

안식년을 시작하고 2~3일 후 탈시설한 중증장애인 부부가 신혼여행을 왔다. 이음동에 첫 손님으로 이들을 모시기로 했다. 침대를 정리하고, 부엌과 화장실 등에 필요한 물품을 사다가 놓고, 하루 종일 피곤했을 부부가 편히 쉬도록 베개에는 살짝 아로마향까지 뿌렸다. 삼겹살이 먹고 싶다는 신혼부부의 요청에 따라 남편은 불을 지피고, 나는 혹시나 하는 마음으로 흰쌀밥을 하고 된장국을 끓였다.

부부는 밤 9시가 넘어 도착했다. 결혼식 준비로 새벽 5시부터 기상하여 움직인 부부는 그날 한 끼도 먹지 못했단다. 남편이 먼저 방금 구운 돼지고기와 이규식 활동가가 사온 맥주, 소주를 상에 올려놓았다. 아직 상을 다 차리지도 않았는데 부부는 허겁지겁 고기를 먹었다. 내가 얼른 밥과 된장국을 가져오겠다고 하자 고개를 든 부부는 고마우면서도 살짝 민망하다는 표정을 지어 보였다. 부부의 그 간절한 눈빛이란, 말로 설명하기가 어렵다.

신혼부부는 된장국에 밥 한 그릇을 말아서 그 자리에서 뚝딱 해치웠다. 그리고 배가 부르다며 겨우 맥주 한 잔 하고는 피곤한 몸을 이끌고 방으로 들어갔다. 그 많은 고기와 술은 신혼부부를 환영하기 위해 모인 사람들이 먹고 마셨다.

삼달에서 나는 예전 열흘 동안의 휴가 때처럼 단조롭지만 평화로운 일상의 1년을 보냈다. 육지에서 몸에 붙은 습관대로 새벽 5시에는 기상하여 손님들의 아침 준비를 하고, 삼달다방 근처의 풀을 뽑고, 손님과 늦은 아침식사를 함께하고, 커피를 마셨다. 점심 즈음에는 하나둘 떠나는 손님들과 인사를 나누고, 기념촬영을 했다. 남은 손님이 있으면 함께 점심을 준비해 먹고, 오후에는 장을 보고, 바다 또는 오름 등을 다녀와서 방 청소를 하고, 저녁을 준비했다.

물론 중간중간 재미있고 특이한 경험도 잔뜩 했다.

귤밭 풀 메기, 귤 따기, 고사리 채집, 썰물 때 바닷가에서 보말 줍기, 여름 한철 삼달포구에서 다이빙, 무 심기와 뽑아 세척하고 포장하고 썰기까지. 하루를 어떻게 보내는지 모르게 날짜가 지나갔다. 그 와중에도 '내가 이렇게 아무 활동을 하지 않아도 되나?'라는 생각이 불쑥불쑥 솟아 머릿속이 복잡해졌지만, 그때마다 나는 나를 토닥였다.

'옥순아, 그동안 열심히 활동했으니 지금은 쉬어도 돼.'

생각할수록 내 활동을, 내 일을 잊고 지낸 그 순간들이 참으로 기특했다. 잠깐씩 느끼는 불안은 그저 '덤'이었다.

나는 한 번도 다른 게스트하우스를 이용한 적이 없어, 남편의 삼달다방 게스트하우스 운영에 아무런 의견이 없었다. 사실 1년의 안식년 동안 삼달다방 운영에 직접적으로 개입하겠다는 생각을 1도 하지 않았다. 남편도 나도 육지에 살 때부터 집에 손님을 초대하여 술과 맛있는 음식 나누기를 즐겼다. 심지어 집에 손님을 재우고 함께 아침을 맞이하는 것도 좋아한다는 점이 서로가 참 잘 맞았다. 오늘 저녁에 손님이 있다며 급작스럽게 통보해도 서로가 오케이였다. 시간 나는 사람이 먼저 음식을 준비하고, 손님이 불편하지 않을 정도의 청소를 하는 것이 서로에게 아무런 문제가 되지 않았다.

안전과 존중, 그리고 사람을 잇다

그렇게 삼달다방 게스트하우스는 육지인 안양에서 살았던 생활과 자연스럽게 연결되었다. 다른 점이 있다면 숙박비를 받는다는 것 정도다. 그러다 보니 삼달다방을 운영한 지 3~4년이 지났는데도 무심은 아직 쌀과 커피는 사보지 않았단다. 함께했던 몇몇이 보내기 때문이었다. 삼달의 전기제품이나 다양한 물건도 답답해하던 손님들이 사서 건네주신 게 많다. 내가 잘 이해하고 있는지 모르겠으나, 삼달다방의 문화를 사랑하고 함께 만들어가고자 하는 마음이 있기 때문이다. 제 주도라는 낯선 곳에서 보다 편안하고, 보다 안전하고, 보다 친숙한 분 위기의 공간을 만끽했기에 더없이 행복한 여행이 되었다는 의미일 수 도 있다.

안식년 기간 동안 많은 사람을 만났다. 장애인, 장애인 부모와 가 족, 인권 활동가, 시민 운동가, 사회복지사, 춤추는 사람, 그림 그리는 사람 등 예술 활동가와 식사하고, 차 마시고, 수다를 떨었다. 그 느낌 이 아주 충만했다. 삼달이 앞으로도 더도 말고 덜도 말고, 그냥 그렇 게 편안한 만남이 이뤄지는 공간이기를 바란다.

누구라도 삼달다방에서 안정감과 안전함을 느꼈으면 좋겠다. 누구 라도 존중하고 존중받는 공간이었으면 한다. 삼달다방은 누구라도 서 로 벗이 되고 힘이 되는, 연결의 공간이다. 이러한 가치가 실현되며 그런 문화를 추구하는 곳이 삼달다방이기를 바란다.

삼달다방에서도 내가 원하는 운동을 할 수 있겠다

삼달다방의 가치는 제주도에 땅을 사고 집을 짓는 초기부터 남편의 마음에 자리 잡고 있는 듯했다. 머릿속에서 온갖 아이디어들이 끄집 어내 달라고 아우성친다는 그 말이 다시 떠오른다. 그 생각들을 구체 화하고 사람들과 실제로 나누고 공감하는 문화를 만들어내는 남편의 모습이 참 좋았다. 그런데 남편은 너무도 바빴다. 기본적으로 해야 할 청소와 이불 빨래, 음식 만들기를 포함하여 손님과 함께하는 무심 여행과 북콘서트, 일반 콘서트, 워크숍 등의 진행으로 몸이 10개라도 모자라 보였다. 더 이상 혼자 둘 수 없다는 생각이 차올랐다.

무엇보다도 삼달다방은 내 가치와 일치했고, 가족에 대한 각성으로 힘을 낼 수가 있었다. 삼달다방에서도 내가 하고픈 일을 할 수 있겠다는 생각에 확신이 들었기에 조직과 협상을 시작했다. 3년여 간의 기나긴 협상 끝에 2023년 2월 총회에서 사무총장 직책을 내려놓았다. 어디를 향해 가든, 무엇을 하든 가족과 함께하는 삶을 향한 출발이다.

이규식 구술

중증장애인 활동가로 삼달다방의 이음동을 탄생시킨 장본인이다. 무심에게 500만 원을 주면서 '나 같은 장애인이 제주에서 편히 머물 수 있는 곳'을 지어달라 제안했고, 모금운동으로 돈을 보태 이음동이 만들어졌다. 현재 서울장애인차별철폐연대 상임대표로 강아지 두부와 함께 사는 그는 삼달다방의 단골손님이자 식구다.

홍은전 기록

작가이자 인권·동물권 기록 활동가다. 13년간 노들장애인야학에서 활동하며 그곳에서 만난 사람들의 이야기 《노란 들판의 꿈》을 썼다. 2020년에는 〈한겨레〉 신문에 연재했던 홍은전 칼럼 50편을 묶어 《그냥 사람》을 펴냈다. 화상 사고 경험자들의 구술 기록, 세월호 가족 구술 기록, 선감학원 피해 생존자 구술 기록 책을 썼고, 현재는 〈비마이너〉의 칼럼니스트로 '모든 인간은 평등하다'를 외치는 인간들과 '모든 동물은 평등하다'를 외치는 동물들 사이를 오가며 살고 있다. 이규식의 삶 이야기를 홍은전 작가가 인터뷰하여 정리했다.

제주도 한달살기의 꿈

저는 서울장애인차별철폐연대라는 단체에서 이동권, 노동권, 탈시설, 자립생활 같은 장애인의 기본 권리를 요구하는 활동을 합니다. 요즘에는 매일 아침 8시 지하철 혜화역에서 장애인 이동권 보장을 촉구하는 선전전을 해요.

이동권 투쟁을 시작한 지 20년이 되었는데 여전히 장애인이 이용할 수 있는 대중교통 환경은 열악해요. 정부는 20년 전에도 돈이 없다더니 지금도 돈이 없대요. 돈이 없는 게 아니라 마음이 없다는 걸 시간이 증명했어요.

때때로 저희 때문에 출근길에 지하철이 20~30분씩 연착되기도 하는데 그러면 시민들이 어마어마하게 욕을 퍼부어요. 병신이 집에 있지 왜 아침부터 나와서 지랄이냐고, 자기들 늦어서 회사 잘리면 어떻게 보상할 거냐고 소리를 지르죠.

아침 8시까지 나가려면 새벽 5시 반에 일어나요. 저는 어디를 가든 30분 정도는 미리 도착하도록 움직여요. 종종 지하철 엘리베이터가 고장 나 있을 때가 있어요. 그러면 한 정거장을 더 가서 돌아와야 하니까 항상 대비하는 거예요. 엘리베이터가 왜 망가지냐면 사람들이 많이 타서 그래요. 장애인보다 비장애인들, 노인들이 훨씬 많이 타요. 그 엘리베이터 우리가 싸워서 만든 것인 줄도 모르고 사람들은 우리한테 병신 육갑한다고 욕을 하죠. 비장애인의 시간은 금이고 장애인의 시간은 똥인가 봐요. 우리는 평생을 늦었는데 우리의 시간은 아무도 보상하지 않아요.

저는 1969년에 태어났어요. 어머니가 나를 임신하셨을 때 연탄가스를 마셔서 정신을 잃었다 깨어나셨고, 그로 인해 저는 태어날 때부터 뇌병변 장애를 가졌어요. 어렸을 때는 집에서 먹고 자기만 했어요. 열아홉 살이 되었을 때 교인들의 도움을 받아 일주일에 한 번 교회에 나갔어요. 제 인생 첫 정기외출이었죠. 참 좋았어요.

어느 날 목사님이 장애인시설을 소개시켜 주었어요. 가보니까 완전히 산속이었어요. 목사님 생각에는 그곳에 가면 친구라도 사귈 수 있지 않을까 했겠지만 다른 사람은 구경이라곤 못하는 곳이었죠. 4명의 장애인과 여성 전도사가 함께 사는 작은 공동체였어요.

어머니가 떠나고 슬픔에 잠겨서 1시간 정도 울었던 기억이 나요. 어머니는 나를 보내고 싶어 하지 않으셨어요. 그럼에도 보냈던 건 어차피 집 안에서만 있는데 그곳으로 가면 햇빛이라도 보며 살지 않을

까 했던 거예요.

저는 세 군데의 장애인공동체를 옮겨 다니면서 20대를 보냈어요. 먹고 자고 예배드리고, 매일매일이 똑같았어요. 만나는 사람이라고는 같이 사는 몇 명의 장애인과 목사님뿐이어서 대화라는 걸 많이 해본 적이 없어요. 사람이 그리워서 아주 가끔 봉사하는 학생들이 오면 너무너무 좋았어요. 그 친구들이 집에 안 돌아갔으면 좋겠다고 생각했어요. 떠나면 또 한참 있다 오니까 기다리는 마음이 괴롭고 다시 안 오면 실망하니까 차라리 오지를 말지 생각하기도 했어요.

마지막 시설에 있을 때 어떤 후원자가 스쿠터를 사주었어요. 그걸 타고 동네를 돌아다녔어요. 산도 보고 개울도 봤어요. 너무 신났어요. 한참 가다 보면 학교도 있고 리조트, 스케이트장도 나왔어요. 아침밥 먹고 나가서 네다섯 시가 되어서야 돌아왔어요.

그렇게 1년을 보냈어요. 처음에는 재밌었는데 매일매일 보니까 더 이상 재미있지 않았어요. 갈 수 있는 데까지 다 가봤으니까 이제 더 넓은 데를 가보고 싶었어요. 목사님이 말리는데도 서울 집으로 돌아왔어요.

집에 왔지만 막상 갈 데가 없었어요. 멀리 가면 길을 잃을까 무서웠거든요. 시설에 다시 들어갈까 고민했어요. 그래도 조금씩조금씩 용기를 내서 스쿠터를 타고 돌아다녔죠. 그러던 어느 날 오르막길이 보여서 갔는데 커다란 장애인복지관이 나타났어요.

근처를 배회하다가 안쪽에 불이 켜져 있어 들어갔는데 노들장애인야학이었어요. 공부를 하고 싶은 마음은 별로 없었는데 야학 교사들한테 푹 빠져서 걔네들 보러 다녔어요. 비장애인과 그렇게 어울려본 건 처음이었는데 너무 재밌었어요. 그게 1999년이었죠.

어느 날 야학 사람들을 따라 집회에 갔어요. 평택 에바다복지회에서 운영하는 청각장애인 시설에서 폭력과 비리 사건이 생겨 그걸 해결하라는 거였어요.

그렇게 많은 전투경찰을 본 건 처음이어서 깜짝 놀랐어요. 까만 사람들이 우글우글하니까 너무 무서운데 야학 사람들이 그 경찰들과 막 몸싸움을 하는 걸 보고 또 깜짝 놀랐어요. 텔레비전으로 보던 걸 직접 보니까 무서워서 오줌이 나올 뻔했어요.

얼마 후 저는 지하철 혜화역에서 리프트를 타다가 떨어지는 사고를 당했어요. 그때는 지하철 역에 엘리베이터가 없었거든요. 몸이 붕 떴다가 추락하면서 계단에 머리를 쾅 부딪혔어요. 이렇게 죽는구나 생각하면서 정신을 잃었어요. 병원에서 정신을 차렸을 때 동생 얼굴을 보고서 아, 살았구나 생각했죠. 그때 노들야학 사람들이 지하철공사를 상대로 열심히 싸웠어요. 집회도 하고 소송도 했는데 결국 이겨서 혜화역에 엘리베이터가 생겼어요.

"아, 싸우면 되는구나."

이걸 알게 됐어요. 그 후 2001년 오이도역에서 장애인이 리프트를 타다 떨어져 죽는 사건이 일어났어요. 그때는 진짜 열심히 신나게 싸웠어요. 그리고 이동권연대 투쟁국장을 맡으면서 본격적으로 장애인 운동을 시작했어요.

삼달과의 인연, 마음 놓고 오래 머물기

탈시설 운동을 하는 '장애와인권발바닥행동'이라는 단체에서 활동할 때 상엽 형을 처음 만났어요. 동료였던 옥순의 남편이었죠. 처음에는 형에게 특별히 관심이 없었어요. 6년 전쯤 제가 방송중학교에 입학했을 때 형이 나한테 갖고 싶은 게 뭐냐고 물었어요. 어떤 가방을 가리키면서 저거 사주세요, 했더니 정말로 사주었어요. 진짜로 사줄 줄모르고 그냥 툭 던진 말이었는데 좀 놀랐어요. 카메라를 넣을 수 있는 25만 원짜리 가방이었거든요. 아, 이 사람 마음이 참 좋구나, 감동했어요. 그게 계기가 되어 그 후부터 조금씩 대화를 했어요.

그러다 5년 전에 형이 제주도에 집을 짓는다는 소식을 들었어요. 앗싸, 제주도에 마음 편히 놀러 갈 수 있는 집이 생기겠구나, 신났어요. 마음이 부풀어 형이 빨리 집을 짓기를 오매불망 기다리다가 결국 집이 완성되기도 전에 보러 갔어요. 그 집이 어떻게 생겼나 너무 궁금했거든요. 그때 본격적으로 형과 친해졌어요. 내가 모닥불을 피웠으면 좋겠다고 툭 던졌더니 형이 밤 10시에 불을 피워줬어요.

형도 피곤했을 텐데 내 말 한마디에 나를 위해 그렇게 해준 거예요. 진짜 형 같다고 생각했어요. 어렸을 때부터 형이 있었으면 좋겠다고 생각했는데 정말로 그런 형이 생긴 것 같았죠.

게스트하우스 무지개동이 완성된 뒤 몇 번 더 와서 잠깐씩 머물렀어요. 한 2년쯤 지났나, 나만의 공간이 있었으면 좋겠다고 생각했어요. 짧은 여행 동안 잠을 자는 게스트하우스가 아니라 긴 시간 머무를 수 있는 집 같은 공간이요. 접근성이 꽤 괜찮은 리조트나 펜션이라 해도 휠체어를 탄 중증장애인들에게는 맞지 않아요. 여기저기에 턱이 있고 화장실, 욕실 공간도 좁아요. 조심을 한다고 해도 벽을 긁는 경우가 많은데 그러면 주인들이 난리를 치고 수리비를 청구해요. 여행 내내 주인 눈치를 보고 신경을 써야 해요.

나도 마음 놓고 제주도 한달살기를 하고 싶다고 형한테 말했어요. 그랬더니 형이 집을 한 채 더 지을 계획이 있다고 하더라고요. 그러면서 장애인도 오래 머무를 수 있는 공간인 이음동을 설계한 거예요.

형이 진짜로 그 말을 들어줄 줄은 몰랐어요. 한 귀로 듣고 한 귀로 흘릴 줄 알았는데 그게 아니어서 진짜진짜 너무 기뻤어요. 이음동 건축기금 모금할 때 적금통장을 깨서 500만 원을 부쳤어요. 집을 짓는 데는 턱없이 적지만 저한테는 큰돈이었죠. 그렇게 큰돈을 누구한테 줘본 적이 없는데 형이 내 말을 들어준 거니까 책임감도 생겼고 상엽이 진짜 내 형 같으니까, 허투루 돈을 쓸 사람이 아니니까, 아무런 마음의 갈등이 없었어요.

그렇게 지어진 이음동 공간은 중증장애인이 활동지원사와 함께 지낼 수 있도록 충분히 넓고 조리할 수 있는 독립 부엌과 아주 큰 욕실 겸 화장실이 딸려 있어요. 여기서는 모든 걸 내 마음대로 다 할 수 있어요. 큰 스크린이 있어서 영화도 볼 수 있고 음악도 크게 들을 수 있어요. 다방에 가면 커피를 마실 수 있고 만화책도 많아요. 마음이 아주 편해요. 제가 사는 집보다 더 좋죠.(웃음)

제가 사는 아파트는 좁아서 전동휠체어를 타고 들어갈 수 없어요. 수동휠체어를 타기 때문에 자유롭게 움직일 수 없어요. 저는 강아지

두부와 함께 사는데 두부도 함께 여행 올 수 있어요. 두부도 매일 혼자 집 안에서만 갑갑하게 살았는데 여기에 오면 저보다 더 신나 해요.

중증장애인이 여행을 한다는 것

제가 속한 전국장애인차별철폐연대는 농성을 아주 많이 해요. 활동 초기에는 농성이 시작되면 끝을 보겠다는 마음으로 죽어라고 싸웠어요. 그래서 여러 법과 제도를 고치고 예산을 쟁취했죠. 그런데 문제는 하나의 싸움이 마무리되면 또 다른 싸움이 시작되고 그게 끝나면 또 다른 싸움이 일어난다는 거예요. 끝이 안 보이니까 너무 힘들고 재미가 없더라고요. 그렇다고 안 싸울 수도 없고요.

긴 시간 활동하면서 너무 죽어라고 싸우면 안 된다는 걸, 쉴 때는 쉬어야 한다는 걸, 쉬어야 계속 싸울 수 있다는 걸 배웠어요. 활동가가 잘 쉬지 못하면 중간에 그만두게 돼요. 아파서 나가고 싶다고 나가요. 자기 몸도 버리고 조직도 망가지는 거예요.

비장애 활동가들은 쉴 때 여행을 가지만 저처럼 중증장애 활동가들은 여행을 가고 싶어도 어려운 점이 많아요. 가장 큰 문제는 활동지원 서비스 문제예요. 대부분의 사람이 활동지원서비스를 필요한 만큼 보장받지 못해요. 그런 상황에서 몇날 며칠 꼬박 활동지원사와 함께 있으려면 다른 날의 서비스 이용을 줄여야 하는데 그건 활동지원사의 노동조건이기도 하니까 서로 협의해야 하죠. 활동지원사가 싫다고 하면 여행을 못 가는 거예요.

하지만 제일 큰 부담은 비용이에요. 활동지원사와 함께 가면 경비가 두 배로 드는데 밥값만 각자 부담하고 그 외 교통요금, 숙박료, 관람료 모두 장애인 이용자가 부담하는 게 활동지원서비스 이용의 규칙이에요. 그렇게 여행하려면 돈을 쌓아두어야 해요. 저는 지금 활동지원사와 오래된 관계이고 제가 워낙 여행을 좋아해 처음부터 여행 다닐 때는 반반씩 부담할 수 있겠냐고 제안했고 그분이 동의했어요. 그래서 마음 편히 다닐 수 있었죠. 다른 사람은 이렇게 다니는 거 어려울 거예요. 주변에 여행 가고 싶어도 포기하는 사람이 아주 많아요.

전동휠체어는 비행기를 탈 때 거부당하는 경우도 많아요. 미리 전화해 탈 수 있냐고 물으니까 배터리가 뭔지, 크기가 얼마만 한지, 종류가 뭔지 꼬치꼬치 묻더라고요. 다 대답하고 절차 다 밟았는데 막상 공항에 가보니까 그런 얘기 들은 적 없다고 해 처음부터 다시 확인하고 절차를 밟아야 했어요. 매뉴얼이 없는 것 같아요. 예약 다 하고 시간 맞춰 공항에 갔는데 탑승 못 한다는 이야기를 들은 적도 있어요. 활동지원사가 미리 다 소통했는데 자기들은 연락받은 거 없다면서 내가 잘못했다면서 환불도 안 해줬어요. 너무 황당하고 화났어요.

그때부터 비행기 안 타고 배 타고 제주도에 왔어요. 서울에서 KTX 타고 목포 가서 목포에서 하룻밤 자고 아침에 배를 탔어요. 시간이 엄청 더 걸리니까 숙박비, 밥값, KTX 요금까지 더 많이 들었죠. 그렇게 몇 번 다니다 이건 아니다 싶어 다시 비행기에 도전했어요. 저가항공은 안 된다고 해 대한항공을 탔어요. 공항에 2시간 전에 도착해 휠체어는 수화물로 싣고 비행기용 작은 휠체어로 갈아타요. 그렇게 몇 번

왔다 갔다 했더니 이제 직원도 익숙해져 까다롭게 굴지 않고 잘 처리해주더라고요.

이렇게 되기까지 참 어려웠어요. 장애인은 여행 갈 때 주로 수동휠체어를 타요. 평소 전동휠체어 타던 사람이 안 타던 수동휠체어를 오래 타면 허리가 아프고 마음대로 움직일 수가 없는데도 이동 과정이 이토록 어려우니까 어쩔 수 없이 그렇게 해요.

삼달이 좋은 이유

1년에 두세 번 삼달에 와요. 짧게는 3~4일, 길게는 3주까지도 있어요. 삼달에서 제일 좋아하는 건 모닥불 피우는 거. 서른 살에 처음 자립해 살았던 집이 있었어요. 오래전 가족이 함께 살았던 야산의 판잣집을 개조한 것이었는데 불을 때서 난방했어요. 불을 때면 방에 연기가 꽉 차서 숨이 막혀 죽을 것 같았지만 그래도 너무 추우니 불을 때야 했어요. 아버지께서 꼬박꼬박 새벽 5시면 오셔서 그 일을 해주셨어요.

그때는 이동권연대 투쟁국장을 하던 시절이었는데 옷에 연기 냄새가 배어 너무 창피하더라고요. 그 연기 냄새가 너무 싫고 짜증 났어요.

그후 이사하면서 그 냄새를 잊고 살았어요. 세월이 흘러 언젠가 여행 가서 불을 피웠는데 불 냄새가 너무 좋더라고요. 나무가 불에 타는 걸 보고 냄새를 맡으면 마음이 편안해져요. 삼달을 생각하면 그 냄새가 먼저 떠오르고 그리움이 함께 피어올라요.

삼달 근처 바다목장도 좋아해요. 앞으로 바다가 훤히 내려다보이고 뒤로는 소들이 풀을 뜯으면서 다녀요. 거기 가면 가슴이 뻥 뚫리는데 새벽에 가면 더 좋아요. 배 타고 바다낚시도 했어요. 내가 바다낚시 가고 싶다고 했더니 이번에도 형이 알아봐 준 거예요.

아주 작은 보트를 타고 바다로 나갔는데 파도가 치니까 보트 전체가 흔들려서 처음에는 좀 무서웠어요. 하지만 제가 제일 많이 고기를 낚았어요.

그렇게 많이 배웠고 다양한 경험을 쌓고 있어요.

가보고 싶은데 아직 못 가본 곳도 있어요. 성산 일출봉인데 계단도 많고 길이 울퉁불퉁해 휠체어를 타는 사람은 접근할 수 없어 한 번 갔다가 중간에 돌아왔어요. 세계적인 관광지가 왜 그 모양인지. 언제 한 번 항의 투쟁을 해야 할 것 같아요.

하지만 삼달이 가장 좋은 이유는 사람, 바로 상엽 형이 있기 때문이에요. 삼달다방 짓기 전에 제주도의 다른 펜션에도 묵어봤어요. 시설만 놓고 비교하라면 좋은 것도 있고 안 좋은 것도 있어요. 하지만 삼달이 비교할 수 없이 좋아요. 여기 사장님은 나를 사람같이 대우하니까요. 내가 가면 동네 구경도 시켜주고 뭔가 하고 싶다고 하면 알아봐주고 장애인 콜택시가 잡히지 않을 때는 낮이고 밤이고 차도 운전해 줘요. 장애인이 이것 좀 하세요, 저것 좀 하세요, 하면 나 같아도 짜증 날 것 같은데 한 번도 짜증 내거나 싫다고 하지 않았어요.

상엽 형은 욕심이 없어요. 형한테 잘 보이려고 그러는 게 아니라 사실 그대로를 말하는 거예요. 돈을 많이 벌어야 잘 운영될 텐데 돈 벌 생각은 별로 없는 것 같아요. 사람들 초대해 밥 주고 차 태워주고 농사지어 여기저기 나눠주고 돈은 안 받아요. 형이 예전에 허리를 다쳤고 희귀질환도 있어 몸이 안 좋은데도 잠시도 쉬지 않아요. 그래도 일을 참 재미나게 해요.

형이 다 퍼주니까 망할까 봐 겁나요. 그래서 저는 매달 10만 원씩 미리 숙박비를 보내요. 삼달다방이 망하지 않았으면 좋겠어요. 사람들이 많이 와주고 소문도 많이 퍼지면 좋겠어요. 하지만 손님이 너무 많아지면 형이 힘드니까 적당히 많이 오면 좋겠어요.

배경내 개굴

인권교육센터 들의 상임 활동가로 어린이와 청소년의 인권, 인권 교육운동에 앞장서고 있다. 《인권은 교문 앞에서 멈춘다》, 《우리는 청소년-시민입니다》, 《우리는 시민입니다》, 《생각해 봤어? 3》 등을 썼다. 그는 삼달다방에서 두 번의 한달살기를 했으며 제주도 하면 이제 삼달다방이 떠오를 정도로 편안하고 쉬기 좋은 곳으로 꼽는다. 이 글은 배경내가 2022년 삼달다방에서 두 번째 한달살기를 할 때의 기록이다.

물들어가는 시간

은빛 억새들의 물결이 일렁이는 가을, 두 번째 한달살기를 하러 제주도를 찾았다. 이번 숙소도 어김없이 삼달. 24년차 인권 활동가인 나에게 모처럼 주어진 안식년 2022년의 가장 아름답고 풍요로운 계절을 삼달에서, 아니 삼달과 함께 보내기로 했다. 머무는 동안 제주도의 아름다운 풍경만큼이나 어여쁜 인연들이 선물처럼 찾아왔던 시간이었다.

깃들다

별다른 계획 없이 집 아닌 곳에서 오래 둥지를 틀고 여행해본 건 처음이었다. 내가 제주도에 있다니 이참에 친구들 몇이 놀러오기로 한 약속을 제외하곤 일정표가 텅 비어 있었다.

시간을 뭘로 채우나.

매일 네댓 가지씩 할 일과 약속이 빼곡 들어찬 일상과 그 일상을 꼭 닮은 여행 방식에 익숙하다 보니 처음엔 막막하기만 했다. 돌이켜보면 참으로 쓰잘데기없는 걱정이었다.

사람들과 나눠 먹을 음식 재료를 주방에 쟁여놓고 내겐 더 귀한 문화동의 보물, 술냉장고를 채우는 것으로 한달살기가 시작되었다. 삼달지기 무심과 오케이가 자그마한 환영식을 열어주었다.

이제 무려 30년 경력의 장롱면허 보유자이자 뚜벅이 여행자인 내가 믿을 건 두 다리와 삼달에서 빌린 자전거뿐이었다. 나 홀로 산책과 해안 자전거 주행이 조금 심심하다 싶어질 무렵 삼달지기들의 초대장이 날아들었다.

"서귀포 오일장 갈 건데 같이 갈래?"

"머체왓 숲길 산책 어때?"

"주어코지 밤바다 보러 갈래?"

당신과 함께하고 싶고 싫으면 거절해도 된다는 다정하고도 정갈한 초대에 나는 언제나 냉큼 대답했다.

"좋아!"

동행하다 보면 제주도의 자연과 역사는 물론, 삼달지기들의 생애와 그들이 품은 꿈에 대해 얻어듣는 재미가 쏠쏠했다.

다음엔 어디 가지? 아무래도 운전을 다시 배워야겠어.

처음엔 이런 궁리만 했는데 머물다 보니 차차 다른 게 보이기 시작

했다. 제주도는 하늘이 언제나 열일하는구나. 숙소 앞에 놓인 캠핑 의자에 앉아 이런 생각을 하며 하늘바라기를 하는데 삼달지기들의 바지런한 움직임이 눈에 들어왔다.

"나도 같이할래."

밭일하면 손에 흙을 묻히고 주방일하면 손에 물을 묻히고 손님이 오면 함께 상을 차렸다. 처음엔 그냥 쉬라고 손사래를 치던 두 사람도 얼마 지나지 않아 동참을 흔쾌히 받아주었다. 하고 싶은 만큼, 할 수 있는 만큼 손을 보태다 보면 깔깔깔 웃을 일이 반드시 일어나곤 해서 일할 맛이 났다. 무려 5일간 노숙농성 끝에 삼달의 식구로 입성했다는 유기견 삼도의 산책에 동행하다 보니 삼달지기들과 삼도와도 더 정들었다.

무심과 오케이가 바쁘거나 자리를 비울 때면 삼도와 둘이서만 길을 나섰다. 언젠가부터는 내가 가까이만 가면 산책 갈 줄 알고 삼도가 꼬리를 살랑거렸다. 그러다 삼도의 새끼 출산과 산후조리까지 거들게 되었다. 삼달에서 기르는 귤은 언제 따고 무는 언제 뽑는지, 삼도와 새끼들은 무럭무럭 자라는지, 무심과 오케이가 너무 무리하진 않는지 자꾸만 궁금해지는 걸 보니 여행객 정체성으로 왔던 내가 어느새 삼달의 식구가 돼버렸나 보다.

제주도에서 두 달을 지냈다 하니 사람들이 가볼 만한 곳을 자꾸 묻는다.

"제주도 어디가 좋아?"

가장 다시 가고픈 곳은 집 앞 골목길처럼 자주 찾았던 바다목장 산책길. 제일 아름다운 광경은 (유명 포토 스팟을 모두 제치고) 삼달에서 바라본 하늘. 제일 맛난 음식은 (유명하다는 음식점들을 죄다 제치고) 삼달에서 함께한 밥과 술. 제일 좋았던 때는 문화동에서 사람들과 술 한잔 기울이며 이야기 나눈 그 많은 저녁들. 이 모든 것의 총합이 바로 삼달이라 나는 곧장 이렇게 답하곤 한다.

"삼달다방에 가."

심지어 두 번째 한달살기하러 와서 짐을 풀 때는 집에 왔다 싶었다. 2~3일 다녀갔던 삼달과 살아본 삼달은 전혀 다른 장소로 다가왔다. 오래 머물러야 풍경에도, 사람에도, 공간에도 정이 드는 모양이다. 무엇보다 내가 깃드는 모양이다.

맺다

삼달에는 정체성도, 하는 일도, 성격도 각양각색인 사람이 모여든다. 여행에 대한 부푼 기대를 안고 오는 이가 있는가 하면, 너덜너덜해진 영혼을 간신히 수습해 찾는 이도 있다. 무언가를 도모하러 모여드는 이도 있고, 제주도에 터 잡은 삼달지기의 친구들도 자주 찾는다. 그러다 보니 여러 사람이 밥과 술을 함께하거나 길동무가 될 기회가 적잖이 있었다.

7년 전 첫 번째 안식년을 맞이했을 때는 번아웃 직전이라 아는 사람도, 낯선 사람도 만나기 싫었다. 두 번째 안식년엔 다행히 마음 상태가 달랐다. 그래서 가끔은 고요하고 대개는 북적이는 삼달에 머물

결심도 했다. 경계심을 풀고 마음을 다해 다가온 인연들을 반기니 그저 알고 지내던 지인과도 깊은 우정을 나누게 되었고 새로운 벗도 여럿 사귀었다. 스치듯 만난 우연이 인연이 되는 장소가 바로 삼달이었다. 깊어진 인연 가운데 1순위로 떠오르는 사람은 단연 이규식.

"마라도 같이 갈래요?"

비슷한 시기에 삼달에 머물던 그가 동행을 먼저 제안해왔다. 오래전부터 얼굴과 이름은 알았어도 따로 긴 이야기를 나눈 적은 없는 이였다. 중증장애인 활동가인 이규식은 장애인 이동권 싸움을 하다 목을 심하게 다쳐 삼달로 요양을 와 있었는데, 장애인의 여행 편의시설이 부족한 현실을 짚는 특집기사를 위해 기자를 대동하고 마라도를 찾을 계획이라고 했다.

도울 일도, 배울 일도 많은 길이겠군. 무엇보다 매력 덩어리 이규식과 친해질 기회잖아!

들뜬 마음에 곧장 가겠다고 했다. 전동휠체어로는 배에 오를 수 없었고 바퀴가 걸리기 쉬운 보도블럭 탓에 수동휠체어로 섬을 이동하기에도 어려움이 컸다. 장애인 화장실에는 쓰레기와 각종 용품이 가득했다. 같이 분노하고 그보다 더 자주 웃어 젖히다 보니 관계가 성큼 가까워졌다.

하반신을 움직이지 못하는 그가 바다 수영에 도전하는 길에도 소풍 도시락까지 싸들고 따라갔다. 함께한 시간만큼 신뢰가 쌓였는지 결국 그의 생애사를 담은 단행본 출판 작업에도 동참하게 되었다.

삼달에서 3박 4일간 진행된 쉼 프로젝트에서 만난 여성 활동가들도 유독 기억에 남는다. 가을 한달살기 기간이 마침 워크숍 기간과 겹쳐 진행을 돕기로 했다. 지친 활동가들이 잠시 쉬러 오는 자리에 무려 1년이나 쉬는 '특권'을 누리고 있는 내가 뭐라도 할 수 있으면 좋겠단 마음이었다. 같은 활동가라 그런지 참여자 모두가 살갑게 느껴졌다. 쉼이 간절했던 사연을 나누는 시간에는 활동이나 삶에서 짊어진 고단함을 너도나도 토해내는 바람에 눈물바다가 되어버렸다.

쉼은 간절한데 쉼에 죄책감을 느끼는 이들도 있었다. 나도 예전엔 그랬다. 몸과 마음이 보내는 신호를 잘 알아차리는 것도, 번아웃으로 시들고 저물기 전에 자기를 잘 돌보는 것도, 잘 쉬는 법을 보여주는 것도 운동을 먼저 시작한 선임들의 몫이라는 걸 알게 된 내 사연을 전했더니 여럿이 고개를 끄덕여주었다. 유독 지쳐 보였던 A와 유독 사려 깊어 보였던 B는 사는 지역은 달라도 두고두고 안부가 궁금해지는 사람이 되었다.

오래 머물다 보니 삼달지기의 친구들까지 그리운 벗이 되었다. 브로콜리처럼 단단하고 귀여운 마을 친구 콜리와는 수영복을 얻어 입는 빚을 지며 가까워졌는데, 그녀가 새로 얻은 일터에 축하 방문을 가는 사이가 됐다. 까칠한 듯 다정한 츤데레 탈루와 무심한 듯 살가운 들과도 환송식을 함께하는 정겨운 이웃이 되었다. 삼달 공간을 지을 때부터 공사에 참여했던 '안버림연구소'의 석탄은 멀리 전남 보성에 사는데, 이 업사이클링(upcycling)의 대가에게 이사 갈 집에 필요한 가구를 재활용으로 만들어달라고 부탁할 계획이다.

그밖에도 전국 각지에서 꼬물거리고 있는 귀한 인연들을 만났다.

고운 사람들이 전국 곳곳에, 그리고 삼달의 곁에 둥지를 틀고 있다고 생각하면 보탠 것도 없이 왠지 뒷배가 든든해지는 기분이다.

품다

어느 장소든 불편한 구석이 없을 리 없다. 당연히 삼달도 그랬다. 간혹 삼달에 대한 사전 이해가 없었는지 이곳과 어울리지 않는 불평을 늘어놓는 사람이 있었다. 약품으로 표백한 호텔식 침구를 상상했는지 감물로 정성껏 염색한 삼달식 침구가 꺼림칙하다며 바꿔달라는 요청까지 하는 이도 있었다. 사전양해도 구하지 않고 무리한 식사 준비를 요청하는 사람도 보았다.

'안 된다고 말해!'

거절이라는 걸 모르는 사람 같은 무심과 오케이가 무리하다 건강을 해칠까 염려되어 입이 달싹거렸다. 인권감수성이 뛰어난 사람들만 찾는 공간이 아니다 보니 대놓고 차별하진 않더라도 무지와 차별의 경계 위에서 흔들리는 말이나 행동을 보이는 사람도 있었다. 남이 차려놓은 밥상에 냉큼 앉는 사람도 있었고, 제 입만 입인 사람도 있었으며, 함께 치우는 법을 잊은 듯한 사람도 있었다. 처음엔 눈살이 찌푸려졌고 경계심이 생기기도 했다. 내가 주인이라면 한소리하고도 남을 텐데 손님이니깐 참는다 했던 순간도 있었다.

반면 삼달지기 무심과 오케이는 느긋했다. 둘은 기다리다 보면 이윽고 일어나고야 말 변화를 믿거나 '아니어도 괜찮다'를 선택한 사람들 같았다. 타박하거나 재촉하지 않고 기꺼이 필요한 일을 챙겼다. 웬만해선 거절하지 않고 최선을 다해 요청에 응했다. 장애인의 첫 여행, 공익 활동가의 오래 기다려온 쉼, 상처 입은 사람의 치유 여행처럼 삼달을 찾은 저마다의 의미를 아끼는 마음에서.

두 사람의 '기꺼이'는 다른 사람까지 전염시키나 보다. 둘이 그러는 사이 기꺼이 몸을 움직이는 누군가가, 기꺼이 낯선 이들에게도 곁을 내어주는 누군가가 등장했다. 그렇게 얼마간의 시간이 흐르고 나면 자기만 아는 듯 보였던 사람도 이내 다른 이들을 위해 할 수 있는 일을 찾아나섰다. 자기의 불평이 오해에 기초했음을 깨닫고 미안해했다. 자칫 위험하다 싶은 언행을 보이는 이에게는 날 선 말로 지적하기보다 슬며시 문제의 까닭을 발견하도록 삼달지기들이 대화를 나눴다. 그렇게 삼달은 함께 머문 이들을 품으며 서로를 보살피는 공간이 되어갔다.

아마 그래서였을 것이다. 변하지 않는 차별 현실과 조직에서 겪은 상처로 일을 그만두었던 짝꿍이 삼달에서 일주일을 보내고 다시 시작하기로 마음먹은 건. 삼달에서 쉬면서 받은 위안과 삼달지기와 나눈 대화에서 큰 힘을 얻었다고 했다.

정치적 입장에선 나와 정반대인 아버지, 사회운동과 자원봉사를 구별하지 못하는 어머니도 나중엔 삼달로 초대했다. 이렇게 사는 사람들도 있다는 걸 보여드리고 싶었다. 간혹 두 분의 입에서 불편한 이야기가 나오더라도 마음 상하지 않게 삼달지기들이 잘 대처해주겠지 하며. 무엇보다 삼달이라는 장소가 가진 힘을 믿었기에 가능한 일이었다. 인간은 장소적 존재여서 그 장소에 스며든 가치와 그 장소에 모인 사람들에 따라 몸가짐도, 마음가짐도 달라지는 법이니까. 부모님은 3박 4일간 제주도 여행에서 가장 좋았던 곳으로 주저 없이 삼달을 꼽았다. 해도 후회, 안 해도 후회할 것 같았던 효도 여행이 덕분에 즐거운 추억으로 남았다.

물들다

삼달에서 일어난 이 막강하고 알 수 없는 변화는 어디에서 비롯되었을까? 삼달에 머문 사람들이 저마다 내어준 품도 역할을 했겠지만, 무심과 오케이의 소리 없는 애씀이 제일 강력한 밑불인 것 같다. 투숙객이었던 새벽이라는 분이 만든 곡 〈새벽의 시간〉에는 이런 구절이 있다.

> 떠오르는 보름달을 기다려본 적이 있나요
> 나의 맘 너의 눈 **무심한 달 한 조각**
> 캄캄한 하늘을 잊을 수 있을까?
> 어김없이 빛나던 **오케이라는 별자리**

두 사람은 오래되고 단단하며 나지막한 제주도의 자연을 닮았다. 두 사람에게 나는 기꺼이 물들고 싶다. 다만 삼달을 이어갈 만큼은 셈

하고 자기들도 더 돌보길 바라면서.

삼달에서 보낸 두 달의 시간이 삼달지기들과 이미 알고 있던 나에게만 주어진 특전은 분명 아닐 것이다. 처음 만나는 이들에게도 둘은 아낌없이 마음을 내어줄 테니까. 그러다 누군가도 분명 삼달에 물들어갈 테니까. 머무는 만큼 위로받고 마음을 여는 만큼 어여쁜 사람들과 관계도 영글어가는 곳, 삼달을 다시 찾지 않을 도리가 없다.

류승연

전직 정치부 기자로 장애아이를 키우고 있다. 더퍼스트미디어
(https://www.thefirstmedia.net/)에 '동네 바보 형'이라는
글을 연재하다 《사양합니다, 동네 바보 형이라는 말》이라는 책
을 냈다. 2020년 제주도 여행 당시 삼달다방에 묵은 것이 계
기가 되어, 2021년 3월에 〈한겨레21〉 1355호(세상을 바꾸는
체인저스 21명 특집)에 삼달다방 무심을 인터뷰하고 소개하는
글을 썼다. 이 글은 그 칼럼을 다시 정리한 것으로 삼달다방의
시작부터 현재, 그리고 무심의 이야기를 잘 담고 있다.

사람 사이를 잇다

2018년, 제주도로 여름휴가를 다녀왔다. 발달장애 아들이 처음으로 비행기를 탄 순간이었다. 당시 주변에서 삼달다방에 방문해보라고 했다. 장애계 활동가가 운영하는데 그곳에 가면 '사람'이 있다고.

'제주도 다른 지역에도 사람은 많고 예쁜 카페도 널렸는데 뭐하러 다방까지 가서 커피를 마신담.'

한 귀로 듣고 넘겼다.

2020년 가을, 그러니까 5명 이상 모임 금지가 발동되기 전 제주도 여행을 또 하게 됐다. 이때는 발달장애인 자식을 둔 세 가족이 함께했는데 모임의 총무가 숙소를 삼달다방으로 잡았다고 알렸다. 이름만 다방일 뿐 게스트하우스라는 걸 알고 난 뒤라 그러려니 했다.

솔직히 말하면 살짝 실망도 했다. 편한 호텔을 놔두고 게스트하우스라니.

'이번 여행에서는 숙소 욕심은 버리고 의미만 생각해야겠구나. 나 또한 장애계 일원으로서 장애계 사랑방 같은 삼달다방에 방문한다는, 그 의미에만 집중하자!'

그런데 웬걸, 빠져버렸다. 삼달다방에, 공간의 매력에, 더 적확히 말하면 그 공간이 주는 의미와 안식과 위로에.

'게스트하우스는 그냥 싼 맛에 잠자고 오는 곳'이라며 별 기대 없이 들어선 공간에서 나는 제일 먼저 '예쁘다'는 느낌을 받았다. 정말이지 구석구석 온 데가 다 예뻤다. TV 프로그램 〈신박한 정리〉 팀의 신애라가 보면 깜짝 놀랄 정도로 온갖 소품이 가득히 들어찬 공간인데 잘 살펴보면 하나하나의 소품이, 곳곳의 인테리어가 다 예뻤다. 게다가 그 소품 하나, 인테리어 하나에 역사가 있고 사연이 있었다. '사람 냄새 나는 공간'이라는 이유가 그것이었다.

아들도 편안해했다. 호텔이나 펜션에서 묵으면 아들이 마음껏 소리 지르고 뛰놀게 할 수 없어 수시로 입을, 뛰는 걸 단속해야 했는데 삼달다방에서는 그럴 필요가 없었다. 이곳은 바로 우리 아들 같은 이들을 위해 지어진 공간이다. 방방 뛰고, 까르르 웃고, 울며 떼쓰고 돌아다녀도 누구 하나 발달장애인의 특이한 행동에 시선을 주지 않는 곳. 당연히 편하고 자유로울 수밖에 없었다.

나는 이제 제주도를 생각하면 삼달다방이 제일 먼저 떠오른다. 삼달다방이 없는 제주도는 생각만으로도 허전하고 서글프다. 오늘 인터뷰는 삼달다방을 지키는 방장, 이상엽 대표에 대한 이야기다. 아니 어쩌면 그 공간에서 이어진 사람들에 대한 이야기일지도 모르겠다.

이상엽 대표의 호(아호 또는 별칭)는 '무심(無心)'이다. 사람들은 그를 무심으로 부른다. 나 또한 그를 이 대표가 아닌 무심으로 호칭하기로 한다.

"어머나, 오래간만이에요."

호들갑 떨며 반가움을 표현하는 나와 달리 "어서 오세요"라고 말하는 무심의 태도는 늘 한결같다. 사진기자와 나는 삼달다방의 정수라고 할 만한 문화동으로 먼저 안내받았다.

문화동에 들어서면 대학 시절 엠티(MT) 장소에 온 느낌이 난다. 공간을 감싼 분위기도, 풍기는 어떤 향기도 1990년대의 향수를 자극한다. 나만 그렇게 느끼는 걸까? 함께 간 사진기자에게 물으니 1980년대 학번인 그는 586세대의 향수에 대해 말한다.

아하, 이곳은 그런 공간인가 보다. 1990년대 학번에게는 추억의 엠티 장소 같고, 1980년대 학번에게는 과방이나 동아리방 같은 안식처 느낌을 주는 공간 말이다.

무심은 김현식의 엘피(LP)판을 올려놓고 무심하게 커피를 내리기 시작했다. 공간이 음악으로 천천히 채워지고 나는 그를 바라보았다. 내가 그에 대해 아는 건, 서울에서 대기업 간부까지 지낸 사람이 어느 날 제주도로 내려와 사회적 소수자와 모두를 위한 다방(게스트하우스)을 차렸다는 사실뿐이다. 무엇이 그를 지금의 길로 이끌었는지 알려면 그에 대해 많은 것을 물어야 한다.

가난이 때론 자양분이 된다

"초중고 시절에는 야구선수가 꿈이었어요. 1977년에 흑백 티브이 (TV)를 처음으로 샀는데 그때 최동원 선수가 대학 야구하는 걸 봤어요. 와~ 그 설렘과 흥분을 지금도 잊을 수 없어요. 중학교 야구부 입단 테스트를 거친 뒤 고등학교에서도 야구선수의 꿈을 놓지 않았지만 가난 때문에 포기할 수밖에 없었습니다."

가난 때문에? 그가 말하는 가난은 어떤 가난일까? 나도 친구들에게 "나 가난해"라고 말하지만 내가 말하는 가난은 '진짜 가난'이 아니다. 그를 통해 알게 된 '진짜 가난'의 모습은 일상의 모든 것에 스며들어 슬픈 자국을 남기는 것이다.

무심의 아버지는 그가 초등학생일 때 서울 대림동에서 가내수공업을 시작했다. 가루를 만드는 분쇄공장을 운영했는데 어렸던 무심도 주말마다 방학마다 새까만 연기를 들이마시며 공장에서 등짐을 지고 삽질을 해야 했다.

"야간고등학교를 다녔어요. 매일 아침부터 낮까지 일하고 오후 3시가 되면 학교에 갔어요. 그런데 어느 날 아버지가 그러는 거예요. 학교를 꼭 가야겠냐고. 학교 안 가고 그냥 공장에서 일하면 안 되겠냐고. 그날 학교를 가면서 엄청 울었던 기억이 납니다."

그때 무심은 결심했다.

"가난이라는 구조적 문제는 아버지하고 공장에서 삽질한다고 해결되지 않는다. 공부를 해야겠다."

그렇게 공부를 시작한 무심은 고등학교 3학년 때 장학금을 받고 아주대학교 행정학과에 입학했다.

아버지를 원망하지는 않는다. 당시에는 '어떻게 자식에게 그런 말을 할 수 있지?'라는 생각도 했는데 지금은 '오죽하면 그랬을까' 싶다. 아버지의 심정을 이해할 수 있는 나이가 됐다.

힘든 시간을 버틸 수 있었던 건 어머니 덕이다. 어머니는 늘 무심을 심리적으로 지지하면서 무엇이든 할 수 있다는 믿음을 심어주었다. 그뿐 아니다. 가난한 일상에서도 이웃과 나누며 살 수 있다는 '나눔의 가치'를 그의 삶으로 직접 보여주었다. 최근까지도 주말농장에서 수확한 농작물을 아파트 경비원과 청소 노동자, 독거노인들과 나누었다는 어머니. 무심은 이런 어머니의 모습을 보고 자라면서 이웃과 나누는 삶, 사람과 사람이 함께 어우러져 사는 삶의 가치를 자연스럽게 배우고 익혔다.

"제 인생의 큰 방향을 잡아주셨달까요. 어머니한테는 늘 감사한 마음뿐이죠."

삼달다방 곳곳에서 보이는 어머니의 흔적(여러 메모와 조형물 등)은 무뚝뚝한 아들인 무심의 마음을 대신해 어머니를 향한 사랑을 보여준다.

그렇게 일하며 공부하며 나누며 사는 동안 큰 사고도 당했다. 대학에 입학하고 나서도 아버지 공장에서 일하는 일상은 쭉 이어졌는데 하루는 외부 해체 작업 중에 건물이 붕괴했다. 내부에 있던 그는 붕괴된 건물 잔해에 파묻혀 허리가 골절됐다. 무려 8개월 동안 병원에 입원해야 했다. 복학한 뒤에도 막노동과 신문 배달로 학비를 벌며 대

학을 졸업했다.

삶의 궤적이 가난과 연결돼 있다는 무심.

"그런 '가난의 과정'이 사람에게는 좋은 자양분이 되는 것도 사실입니다."

그의 말에 괜히 내 콧잔등이 시큰해졌다.

나를 넘어 타인으로, 세계의 확장

"1988년 아버지가 돌아가시자 청계산 자락에 묻어드렸어요. 당시는 버스 종점에서 내리면 묘까지 1시간 정도를 걸어가야 했는데 중간에 보육원이 있었죠. 자주 오가다 보니 관심이 생겼어요. 처음 몇 달간은 그냥 들어가 아이들과 공 차면서 놀다 왔는데 하루는 보육원 교사들이 아이들의 학습을 도와줄 수 있겠냐고 묻는 거예요. 그래서 아예 대학에 보육원 아이들의 학습을 지원하는 '늘사랑' 동아리를 만들었어요."

늘사랑 동아리 창립은 무심 인생에서 중요한 의미를 지닌다. 나를 넘어 타인으로, 사회적 인식의 확장이 일어났을 뿐 아니라 사람을 모아 서로 잇고 연결하는 지금의 역할을 하기 위한 첫 행동이기도 하다.

대학 졸업 뒤 우림건설에 입사했다. 곧바로 입사한 건 아니고 이곳저곳 돌아다니며 막노동을 하고 도자기도 만들었다. 돌아다니는 것을 좋아하고 일을 벌이고 저지르는 것도 좋아하는 자유인 무심이었다. 그런 그가 우림건설이라는 대기업에 입사했다니. 그를 아는 사람들은 그가 기업에서 20년이나 버틸 것이라고는 아무도 예상하지 못했다.

전국장애인부모연대 윤진철 사무처장은 "언젠가 그에게 왜 회사에 계속 다니냐고 물었더니, 사회 활동가 일을 하려면 자금이 필요하니까 다닌다고 얘기하더라"라며 웃었다. 그렇다. 고정 수입은 또 다른 활동가들을 지원하고 후원하는 데 큰 힘이 됐을 것이다. 하지만 그래서만은 아니다. 무심은 기업에 다니는 동안 사람과 가치를 잇는 일에 집중했다. 대학 때 늘사랑 동아리를 만들어 사람과 가치를 이었던 것처럼 우림건설에서도 자본을 가진 기업과 가치를 지닌 사회 활동을 연결하는 작업을 한 것이다.

2015년 퇴사할 때 무심의 직책은 문화홍보실장(사회공헌팀장)이었다. 회사에 사회공헌팀을 만들자고 제안한 것도 그였다. "기업이 사회에 건강하게 돈을 쓰면 그 건강한 힘이 기업으로 다시 돌아올 수 있다"고 설득했다.

"사회공헌이란 실천적 프로그램을 통해 그 기업이 가고자 하는 지향점을 생각해보고 그 방향으로 가기 위한 토대를 다지는 것입니다. 일률적인 백화점식 사회공헌이 아니라 자신의 규모에 맞으면서 다양한 가치를 지향하는 구조가 뒷받침되어야 하죠."

이에 우림건설은 문화를 매개로 소외계층과 소통을 시작했다. 책나눔 프로젝트, 200회가 넘는 명사 초청 강연, 시와 음악이 흐르는 콘서트 등을 통해 감성경영을 하는 모범기업 이미지를 갖게 됐다.

"당시 (고)박원순 변호사, 장사익, 윤석화 등 많은 사람이 우림을 찾아 인연을 맺었어요. 동시대를 사는 다양한 분야의 사람이 좋은 기

업과 건강한 인연을 맺어 모두 함께 행복할 방법을 고민하는 것. 전 그런 게 사회공헌이면서 기업의 사회적 책임이고 역할이라고 생각합니다."

무심은 기업에 다니는 동안에도 소수자를 돕는 숨은 활동가로 살았다. 장애인, 인권, 빈곤아동, 여성을 주체로 공공문화 기획을 수백 건 맡아 진행했다.

그는 삼달다방 방장 외에도 서울장애인인권영화제 집행위원장, 공공문화기획자, 사단법인 한무리사랑나눔회 이사, 사회복지법인 명륜 이사, 한국여성재단 기획홍보위원, 사회복지법인 윙 이사 등을 역임하고 있는데 이런 직책들은 그의 스펙이 화려하다는 방증이 아니라 그만큼 왕성한 활동가로 살아온 일생을 보여주는 세월의 증표다.

세상에서 가장 존경하는 사람, 아내

활동가로 있으면서 지금의 아내와도 만났다. 박옥순 전국장애인차별철폐연대 사무총장. 무심은 세상에서 가장 존경하는 사람으로 주저 없이 아내를 꼽는다.

"아내의 밝은 에너지가 좋았고 평생을 동지처럼 가치를 공유하며 살 수 있다는 확신이 있었죠. 제 첫사랑 얘기를 들어준 사람하고 결혼했습니다. 하하하."

그는 아내 덕에 지금까지 올 수 있었다고 말한다. '아내를 만난 후 처음 보는 세상에 눈떴어요' 같은 드라마틱한 삶의 변화를 겪은 건 아니지만, 그가 지금까지 '잇는 사람'으로서 삶을 지속할 수 있었던 동력은 아내다.

박옥순은 장애계에서는 널리 알려진 활동가다. 2020년 12월 한국장애인인권상 '인권실천' 상도 받았다. 그는 이름과 직함 대신 자신을 '오케이'로 불러달라고 한다. 이상엽 대표가 '무심'으로 불리기를 원하듯. 나이와 직책이 아닌 온전한 개인 대 개인으로 마주 서기 위해서는 호칭부터 평등해야 한다. 그것이 이 부부의 사는 법이다.

두 사람은 1991년 만나 1999년 결혼했다. 첫사랑 얘기를 잘 들어준 밝은 에너지의 누나와 여성 장애인 활동을 지원하며 신뢰가 싹텄고 시간이 흐르며 신뢰는 사랑으로 무르익었다. 무심은 오케이 덕분에 자신이 더 나은 사람으로 성장할 수 있었다고 말한다.

"예전에 어떤 자리에서 각자 존경하는 사람을 꼽아봤어요. 저는 아내라고 했더니 다들 웃는 겁니다. 농담인 줄 알았나 봐요. 저는 아내를 존경합니다. 단순히 부부로서가 아닌 사회 구성원으로서 삶, 그 자체를 존경해요. 그가 30년 동안 활동하는 모습을 옆에서 지켜봤기에 누구보다 그 진정성을 잘 압니다. 아내 덕에 저는 사람으로서 가치를 존중받는다는 게 무엇인지 알았죠."

아내는 적극적인 활동가로, 남편은 그런 아내를 포함한 활동가 모두를 지원하는 조력가로, 그렇게 부부는 서울과 제주도를 오가며 공통된 삶의 가치를 행동으로 실천하며 살아가고 있다.

세월호에서 했던 선상 문화공연

"세월호는 내 인생의 터닝포인트"라고 무심은 말했다.

2013년 10월 인천에서는 강정평화상륙작전이라는 '강정 책마을 십만대권 프로젝트'가 열렸다. 이는 시인, 소설가, 해직기자 등이 제주 해군기지 건설로 몇 년째 고통을 겪어온 제주 서귀포시 강정마을을 평화와 치유의 책마을로 만들자며 추진한 프로젝트다. 세월호에 책 4만여 권과 500여 명의 사람을 싣고 인천항에서 출발해 제주도항에 도착하는 이 행사에서, 무심은 선상 문화공연 총 기획을 맡았다. 공연의 기획자였기 때문에 세월호 구조를 속속들이 꿰고 있는 것은 물론 선원들과도 막역하게 지내며 공연을 준비했다. 그러다 이듬해인 2014년 세월호 침몰 사건이 발생했다.

"뇌 속에 박혀 있는 배가 그렇게 가라앉으면서 쇼크가 크게 왔습니다. 슬럼프에 빠졌죠."

방황의 시간은 꽤 오래 이어졌다. 하지만 무심은 내면의 동굴로 숨어버리는 대신 세월호 관련 광화문 행사를 기획하거나 유가족들과 함께 걷는 '참여'의 방식을 통해 슬픔에서 조금씩 벗어날 수 있었다. 다음 해인 2015년, 그는 회사를 그만두고 세월호의 최종 목적지였던 제주도에 삼달다방을 지었다.

"2020년 삼달다방에서 4·16합창단이 콘서트를 했어요. 공연자가 40명이고 관객이 25명인 관객이 아닌 공연자를 위한 공연이었는데 (웃음) 유족 한 분이 '이렇게 제주도를 오게 됐네요'라고 말하는 걸 듣고 삼달다방 문화동은 이 콘서트만으로도 그 가치를 충분히 했다는 생각이 들었습니다."

무심은 사회적으로 건강하게 무언가를 하는 과정에서 살아 있음을 느낀다. 그것이 그가 살아가는 데 필요한 심리적 에너지다. 삼달다방에서의 4·16합창단의 콘서트는 그런 의미에서 무심에게 잊을 수 없는 기억이 되었다. 지금까지 그리고 앞으로도.

"저는 그런 역할을 해왔던 것 같아요. 축구로 치면 링커 역할이요. 잇는 역할. 활동하는 사람이 있으면 그들을 응원하는 사람이고 싶어요. 돕는 사람을 돕는 역할을 하는 자가 있어야 긍정의 시너지가 발생한다고 믿거든요. 그런 사람들을 응원했을 때 사회가 더 건강해진다는 믿음도 있고요. 사회가 건강해져야 사회 안의 구성원도 건강해지니까요. 그들을 응원하고 지원하는 게 내 나름대로 사회에 기여하는 방식이었던 거죠."

문화동, 무지개동, 이음동 그리고 무방

삼달다방은 3개 동으로 구성돼 있다. 먼저 과거의 향수를 잔뜩 느낄 수 있는 문화동. 이곳은 각종 문화행사가 열리는 공간이자 모두의 사랑방이다. 영화제, 콘서트, 북토크, 사진전 등 수백 회에 이르는 인권 관련 행사가 이곳에서 열렸다. 안락한 쉼의 공간이기도 하다. 문화동에 들어서면 벽마다 가득 찬 만화책 수백 권이 눈에 띄는데, 엘피판을 모아놓은 음악존에서 원하는 가수의 음반을 선택해 레코드판에 올려놓고 2층 다락에 올라 편안하게 누우면 '여기가 천국이지'라는 생각이 절로 든다.

4·16합창단 삼달다방 북콘서트

그 옆에는 게스트하우스인 무지개동이 있다. 누구나 편하게 묵고 갈 수 있도록 배리어프리(장벽 없는) 디자인으로 설계됐다. 공용공간 인 거실을 지나면 복도 양옆으로 방이 늘어섰는데 각 방에 담긴 의미 도 남다르다.

인권 현장을 사진으로 기록했던 사진 활동가(오렌지가 좋아)를 추 모하기 위해 만든 '오렌지가 좋아!' 방, 탈성매매 여성들을 응원하는 뜻을 담은 '숫사자' 방, 부양의무제 폐지의 상징인 분홍 종이배를 널 리 알리기 위한 '분홍 종이배' 방, 가족으로 받아들인 유기견 초코와 가족의 의미를 되새기기 위해 이름 붙인 '초코는 달콤해' 방이 있다.

무지개동 옆은 이음동이다.

"처음에는 문화동과 무지개동만 있었어요. 어느 날 중증장애를 가 진 친구가 오래 머물 수 있는 공간을 하나 만들어달라며 500만 원을 보낸 겁니다. 그래서 장기 숙박을 원하는 이들을 위한 별도의 독채를 만들었어요."

독채는 잠자는 공간을 제외하곤 생활의 모든 게 공용공간에서 이뤄 지는 게스트하우스 시스템이 불편한 가족 단위 손님이나 장기 숙박을 원하는 활동가들을 위한 곳이다. 역시 배리어프리 환경으로 출입구 와 화장실 등에는 문턱이 없거나 거의 느껴지지 않을 만큼 아주 작은 '선' 수준의 문턱이 있다.

이음동 옆에는 큰 컨테이너가 있다. 지금 이곳은 누가 무엇을 하든 무방하고 비우며 채우는 '무방'으로 만들어지는 중이다.

"원래 창고였던 이 공간을 장애·비장애 공익 활동가들과 아티스트를 위한 머뭄 공간으로 바꾸고 있습니다. 그들이 제주도에서 긴 시간 머물며 그림 그리고, 글 쓰고, 기타를 튕기며 뒹굴뒹굴 쉬거나 예술 활동을 이어가면 좋겠습니다."

주목할 건 삼달다방은 무심 혼자가 아닌 많은 이가 십시일반 손을 보태 공간을 창조했다는 점이다. 시간이 되는 누군가, 힘 좀 쓰는 누군가, 기술 있는 누군가, 그림 그리는 누군가, 글씨 쓰는 누군가, 쉬러 온 누군가가 이곳에서 기꺼이 나무를 자르고 시멘트를 바르고 색칠과 도배를 하고 정리를 도왔다. 그렇게 공간은 많은 사람의 손을 거치며 하나씩 완성되었다.

"여기는 사람들 덕으로 운영되는 공간이에요. 가구도 가전도 책도 소품도 많은 이가 하나씩 가져다 놓거나 보내며 채워졌죠. 공간 자체에 사람들 이야기가 담겨 있다고 해야 할까요. 디자인 콘셉트요? 그냥 짓고 싶은 대로 지어요. 여기 무지개동 천장의 무지갯빛 카펫 같은 인테리어가 예쁘다고 얘기하는데, 이거 사실 버려진 귤상자예요. 나무 귤상자 150개를 뜯어 오가는 사람들이 일일이 다시 색칠해 붙였어요. 한 번 쓰고 그냥 버려지는 게 아닌 다시 살아가는 느낌으로, 우리 인생이 그렇듯이 말입니다."

주인공이 아닌 이어주는 사람으로

늦은 겨울과 이른 봄을 지나던 이때 무심은 막바지 무 농사에 한창이었다. 원래 삼달다방 터는 무와 양배추 농사를 짓던 곳이었다고 한다.

그래서 그도 한창 더울 8월에 월동무를 심고 추운 날씨에 수확해 무를 필요로 하는 사람들에게 나눠왔다.

이번 인터뷰이를 섭외하면서 세상을 조금이라도 더 나은 곳으로 바꾸기 위해 노력하는 체인저스 특집이라고 하자 무심은 손사래를 쳤다. 자신은 세상을 바꾸는 주인공이 아니라 그런 사람들을 지지하고 응원하는 '잇는 사람'이라고 했다. "그런 게 바로 세상을 바꾸는 데 힘을 보태는 거라고요"라는 항변이 절로 나왔다.

"저는 삼달다방이 사람을 잇는 공간이면 좋겠어요. 남녀노소, 장애·비장애, 성적 정체성을 떠나 사람이 존재 자체로 어울릴 수 있는 공간이기를 희망해요. 그렇게 세상의 주인공인 많은 사람이 이곳에 와서 편하게 쉬고 재충전한 뒤 사회로 나가 각자의 역할에 충실하면 그것이 이 사회가 건강해지는 데 기여하는 방식이라고 생각합니다. 저는 그런 것을 잇는 사다리 같은 사람이고 싶어요."

잇다, 사람을 잇다

간만에 가슴이 울렁거렸다. 뭔지 모를 묵직한 감동이 전신에 퍼져나갔다.

아들이 발달장애인 복지카드를 발급받은 후 세상에서 외면당하는 경험이 누적되자 나는 설 데가 없는 것처럼 느껴졌다. 절벽에서 위태롭게 나풀거리는 한 떨기 잡초의 심정이 이럴까. 다시 세상으로 나아갈 힘을 얻기 위해 소위 '장애계'라 불리는 곳에 속한 사람들과 이어지기 시작했다. 같은 가치를 공유하는 이들과 함께하면 우리는 폭풍에도 끄떡없는 무적의 잡초부대가 될 수 있으리라.

하지만 장애계도 보통의 사람들이 사는 평범한 인간 세상이었다. 이곳에도 배신과 시기, 음모와 질투가 난무했으니 자신을 지키기 위해 어느 순간부터 나는 스스로를 모두에게서 고립시키기 시작했다. 그런데 '잇다'라니. '사람을 잇다'라니. 무심은 그렇게 사람들을 잇고 있었다.

그래, 나 또한 이어져야 했다. 우리는 이어져야 한다. 고립은 가장 쉬우면서도 비겁한 방법이다. 상처받고 흔들리지 않는 잡초가 어디 있으랴. 흔들리면서도 벼랑 끝 비바람을 버텨내는 건 땅속에서 연결돼 서로를 꼭 붙들고 있는 뿌리끼리의 연대 덕분일 터였다.

잇다. 나도 잇기로 한다. 무심과는 또 다른 방법으로 나만의 잇는 역할을 찾아봐야지. 우리가 서로 이어져 있을 때 세상은 손톱만큼이라도 더 좋아질 테니까. 그런 방향으로 나아갈 게 분명하니까. 무심이 하는 일과 삼달다방의 의미도 바로 여기에 있으니까.

앞으로의 계획도 있을까? 무심은 삼달다방이 단순히 제주도 관광 시 편하게 들렀다 가는 곳이 아닌 '사회적 여행'을 하는 사람들의 비빌 언덕 같은 공간이 되기를 바라는 마음을 전했다.

"탈시설 장애인이나 탈성매매 여성 등 사회적 의미를 필요로 하는 이들과 삶의 이야기를 담아 함께 여행하는 게 참 좋더라구요. 지나온 삶을 되새기고 앞으로의 시간을 정리하는 작업을 할 수 있도록 응원하고 싶어요. 이 과정에서 청년들이 함께 결합하면 좋겠다는 생각도

하고요. 거창하게 말하면 '인생학교'처럼 보이지만 사실은 그냥 같이 노동하고, 일하고, 밥 먹고, 놀고 그러면서 서로 친구가 되는 거예요."

내가 여기 있어요, 당신 곁에

인터뷰를 마치고 비행기 시간에 쫓겨 급하게 나설 채비를 하다 문화동 테이블 위에 늘어선 크고 작은 나무판자를 발견했다. 각각의 판자 위에는 크레파스로 그린 그림이 있었는데 인터뷰 전날 삼달다방을 방문한 탈시설 장애인들의 작품이라 했다. 무심은 "작가님도 하나 그리고 가시죠"라고 했다. 이 판자는 새롭게 지어질 '무방'의 벽면을 장식할 인테리어 소품이 될 것이었다.

"아이고, 저는 됐어요"라며 사양한 이유는 네다섯 살 어린아이 수준에도 못 미치는 그림 실력이 창피했기 때문이었는데, 서울로 돌아오는 비행기에서 그렇게 후회를 했다. 나도 판자 하나를 집어 들어야 했다. 그림 실력이 창피하면 크레파스로 가나다라 한글이라도 쓰고 왔어야 했다.

나 또한 이 사회의 일원이니까. 혼자서도 얼마든지 잘 먹고 잘 살 수 있는 개인이 아니라 서로에게 의지하고 서로를 끌어주며 살아야 하는 공동체의 일원이니까. 당신들 곁에는 내가 있고 내 곁에는 당신들이 있다는 증명을 공간에 남기고 와야 했다. 조만간 제주도를 다시 가야겠다고 생각했다. 가서 나도 흔적 하나를 남기고 와야지.

여기까지 생각이 미치자 삼달다방에 무엇이든 남기고자 했던 사람들의 마음이 오롯이 전해졌다. 누군가는 책을 남겨 한 공간을 서재로 만들어버렸고, 누군가는 글씨를 남겨 공간을 방문한 이들을 반겼으며, 누군가는 생필품을, 누군가는 소품을, 누군가는 먹거리를 자꾸만 다방에 남겼다.

"외로워하지 말아요. 내가 여기 있어요. 나도 여기 있어요."

그렇게 모두는 얼굴도 모르는 타인에게 당신은 혼자가 아니라는 것을 증명함으로써 자신도 혼자가 아니라는 사실에 위로받았을지 모르겠다.

사
람
들
이
만
들
어
내
는

공
감
의
빛

2장

무지개통

공간 이야기 1_무지개동

"여기, 사랑받는 공간 같아."

삼달다방에 처음 와본 지인이 무지개동에 들어서서 한동안 둘러보다 조용히 꺼낸 첫 마디다. 다른 방문자가 있건 혼자 있건 무지개동의 거실과 정갈한 방들을 둘러보면 누구나 이 공간이 받은 살뜰한 마음과 그 공간에 머물던 이들이 느꼈을 따뜻한 위안을 동시에 떠올리게 된다. 삼달다방은 그렇게 공감하는 공간이다.

무지개동은 삼달다방의 숙소동으로 다양성을 의미하는 무지개가 빛이 퍼져나가는 모양으로 페인팅되어 있다. 안으로 들어가면 거실의 높은 천장이 시선을 사로잡는다. 알록달록 다양한 색이 칠해진 나무판들이 붙어 있다. 이 나무판은 귤상자 조각들이다. 삼달다방 방문객들이 나무판에 그림을 그리고 색을 칠한 것을 하나하나 붙였다.

거실 안쪽으로 4개의 방이 있는데, 각각의 방에는 남다른 이름이 붙어 있다. 앞부터 차례로 '오렌지가 좋아!', '초코는 달콤해', '숫사자', '분홍 종이배' 방이다.

오렌지가 좋아! – 故 엄명환 님을 그리며

수원 촛불활동에 진심이었던 다산인권센터 자원 활동가 '오렌지가 좋아'는 지역풀뿌리운동, 인권침해 감시 활동, 인권현장 참여기록 등을 지속하던 중 2015년 심정지로 쓰러졌다. 그가 아프다는 소식을 듣고 사람들이 모금을 진행했지만 병원비로 사용되어야 할 돈은 결과적으로 일부 장례비로 쓰였다.

　당시 남은 성금을 어떻게 사용할지 상의하던 사람들이 인권재단 사람 등과 협력해 '오렌지인권상'을 만들었다. 이 상은 '오렌지가 좋아'처럼 소수자 인권을 위해 묵묵히 활동하는 사람들이 그들 자신만을 위해 사용할 수 있도록 했다. 2016년 시작하여 기금이 소진된 2019년까지 이어졌다.

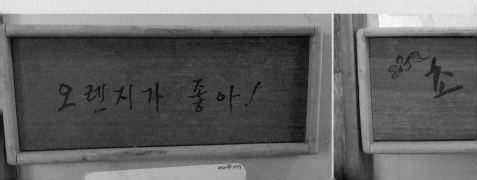

초코는 달콤해 – 가족의 의미

이 방 이름은 2011년 5월 무심네 가정에 온 초코에서 유래했다. 입양 당시 네 살이었던 초코는 코커스패니얼 암컷으로 두 번이나 파양된 아픈 기억을 갖고 있었다. 그런 초코가 무심의 집에 와서는 반려견 이상의 가족이 되었다. 가족이란 언제든 서로 기댈 수 있고, 즐거워도 행복해도 슬퍼도 늘 함께하며 무조건적인 지지와 응원을 하는 존재다. 안타깝게도 초코는 지난 2021년 무지개다리를 건너고 말았지만, 삼달다방 식구들에게 여전히 사랑스럽고 그리운 추억이다.

무심은 삼달다방 터를 초코랜드라고 불렀다고 한다. 그러니 삼달다방의 원래 주인은 초코인 셈이다. 작년 2022년 12월에는 초코의 1주기 기념일을 맞아 '동물은 물건이 아니에요'라는 북토크 겸 기념 행사를 했다. 행사에는 《나는 글을 쓸 때만 정의롭다》의 저자이자 사회학자인 조형근 님이 함께했다. 초코는 삼달다방의 팽나무 아래 묻혔다. 삼달다방의 원 주인으로 삼달다방을 찾는 이들과 늘 함께할 것이다.

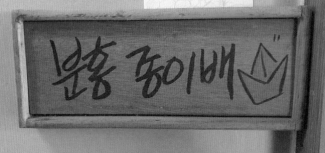

분홍 종이배 – 부양의무제와 장애등급제 폐지

부양의무제와 장애등급제 폐지를 상징하는 분홍 종이배를 알리기 위한 방이다. 2014년 '송파 세 모녀' 사건 이후 분홍 종이배 접기 운동이 시작되었는데 분홍 종이배가 사회적 약자를 태우는 '구명보트(사회안전망)'를 의미하기 때문이다. 이 구명보트에는 모두가 차별 없이 탈 수 있어야 한다.

2012~2019년 장애등급제 폐지를 위한 농성이 광화문에서 이어졌는데, 그 와중에 일어난 2014년의 지체장애인 화재 사망 사건은 안타까움을 넘어 참담함을 안겨주었다. 타인의 도움 없이 움직일 수 없었던 그는 불이 나자 속수무책으로 사망했다. 동료들은 그가 2급 장애인까지만 제공되는 활동지원서비스를 받지 못했기 때문이라며 농성을 이어갔다. 이때 분홍 종이배도 함께했다.

가장 큰 하늘 '숫사자'* – 故 배임숙일 님을 기억하며

인천여성의전화 회장을 거쳐 강강술래 대표로 일한 여성 인권 활동가 故 배임숙일 님을 기억하기 위한 방이다. 그는 '힘 있는 숫사자'라는 애칭으로 불렸는데, 그가 숫사자를 좋아하고 또 활동가들을 이끌고 보호하는 이미지가 밀림의 왕 숫사자와 닮았기 때문이다. 성매매 현장에서 벗어나 새로운 삶을 사는 여성들에게는 '두목', '사장님'이라고도 불렸다. 강인하지만 때로는 따뜻한 모습으로 여성과 장애인, 청소년들을 돌본 든든한 지지자였다. 또한 오케이의 30년 넘은 사회 멘토이기도 했다. 58세의 젊은 나이에 유명을 달리했지만 숫사자 방을 통해 삼달다방을 찾는 많은 이들에게 기억되고 있다.

무지개동의 메모리얼 공간은 단순한 추모 공간이 아니다. 건강한 공존의 사회 구조를 만들어 서로 연결되고, 무엇보다 개개인의 삶을 충분히 존중하며 사람이 사람답게 살길 바라는 무심의 바람이 담겨 있다.

* 규범표기는 수사자이나 실제 사용했던 숫사자로 적었다.

이상엽 무심

2015년 제주로 내려와 삼달다방을 세우고 현재까지 운영하고 있는 삼달지기다. 아주대학교 학창시절부터 '늘사랑'이라는 나눔 동아리를 만들어 활동했다. 우림건설에 입사하여 20년 동안 근무하며 책 나눔 프로젝트, 200회가 넘는 명사 초청 강연, 시와 음악이 흐르는 콘서트 등을 통해 우림건설을 감성경영을 하는 모범기업으로 만드는 데 일조하기도 했다. 또한 장애인, 인권, 빈곤 아동, 여성을 주체로 공공문화 기획을 수백 건 맡아 진행했다. 서울장애인인권영화제 집행위원장을 역임하고 현재는 대표를 맡고 있다. 사단법인 한무리사랑나눔회 이사, 사회복지법인 명륜 이사, 한국여성재단 기획홍보위원, 사회복지법인 윙이사 등 다양한 직함이 그를 따른다. 사람과 사람을 잇는 문화적 살이를 꿈꾸는 공공문화 기획자다.

사람 맛집,
삼달다방에 찾아든 인연들

삼달다방에는 다양한 연령대와 삶의 이력을 가진 사람들이 저마다 다른 빛깔을 띠고 찾아든다. 재기발랄한 에너지로 공간을 꽉 채우는 사람이 있는가 하면, 에너지와 영혼이 몸에서 모두 빠져나간 듯 시들해진 모습으로 오는 사람도 있다. 몸이 아프거나 큰 상실을 경험하고, 인생에서 새로운 길에 막 들어서려는 사람도 있다.

처음에는 어색했던 만남이 소중한 인연으로 이어지고 또 다른 인연으로 확장되는 놀라운 순간을 삼달다방에서는 자주 맛본다. 어디 특별하지 않은 인연이 없겠냐만은, 삼달다방이 어떤 공간으로 가야 할지를 보여주는 등불과 같은 인연이 참으로 각별해 내 몸에 아로새겨져 있는 기분이다.

그 이야기를 해보고 싶다.

에피소드 1. 노랑버스가 달린다

어느 날, 나와도 안면이 있던 와상 장애인 S의 글을 봤다. 제주도 여행이 그의 꿈이라 했다. 나는 S에게 연락을 취해 함께 제주도 여행을 해보자고 제안했다. 그는 상상 이상으로 환희의 반응을 보였다.

하지만 여행을 준비하기 시작하니 이런저런 어려움이 생겨났다. 와상 장애인의 제주도행 항공기 이용은 이동상의 여러 어려움과 함께, 장애인 동반 1인 할인을 감안해도 4석 이상의 자리를 마련해야 한다는 경제적 문제가 있었다. 제주도에 왔다 하더라도 휠체어를 탄 채로 이용할 수 있는 리프트 차량이 없다는 문제가 생겼다. 장애인 여행사부터 각종 단체 차량을 알아보았으나 진행하기 어렵다는 결론이 나서 첫 계획은 무산되었다.

S에게 실망을 안겨주고 싶지 않았지만 결국 S는 낙담했다.

그 후 차량을 마련해야겠다고 마음먹은 나는 주변에 도움을 청하고 중고 장애인 리프트카를 알아보기 시작했다. 주변의 따뜻한 마음이 모이면서 결국 차량을 한 대 구입해 '노랑버스'라는 이름을 붙였다. 사람이 희망임을 느낄 수 있던 소중한 시간이었다.

여름이 지나고 드디어 S와 함께 제주도 여행을 시작했다. 제주도에서 차량을 끌고 목포로 가서 KTX로 목포역까지 온 S를 태워 다시 배를 타고 제주도로 향했다. 숙소는 삼달다방이었다. 다행히 S는 턱 없는 공간에도 만족해했다.

다방에서 제주도의 지인들을 초대해 S가 나온 다큐멘터리 영화 상영회를 하며 장애인 이동권에 대한 공감대를 만들기도 했다. 곳곳에

상상의공간

장벽이 있었지만 이동식 경사로를 들고 다니며 멋진 풍광을 즐기고, 맛있는 음식을 먹으며 좋은 추억을 만들었다. S가 바다에 가고 싶어해 스킨스쿠버를 하는 후배의 도움으로 함덕에서 바다 유영도 했다. 바다에 들어갔을 때 S의 표정과 물속에서 자유로이 움직이던 S의 발가락을 잊을 수 없다. 그는 바다에서 나와 말했다.

"자유를 느꼈어요. 시설에서 나올 때 느낀 자유였어요. 너무 감동적이에요. 고마워요!"

S는 시설에서 13년을 살고 탈시설하여 지역에서 10년을 보낸 장애인이다. 난 S가 중력을 온몸으로 느끼고 살았다는 사실을 새삼 실감하며 큰 보람을 느꼈다. 내 입술에는 포진이 생겨서 음식을 입에 넣기도 어려웠지만 잊을 수 없는 즐거운 기억, 그리고 추억이 되었다.

그렇게 사람들의 마음이 모였기에 가능했던 S의 제주도 여행은 행복하게 마무리되었다.

목포역에서 헤어져 제주도로 돌아오는 배 위에서 장애인이 제주도에서 여행할 때의 실질적인 어려움을 생각했다. 작은 식당부터 관광지까지, 제주도 곳곳에는 장애인을 위한 편의시설이 거의 없어 어디를 가나 어려움을 겪어야 했다. 또 장애인의 장애 정도나 유형에 맞춤한 이동 서비스가 필요하다는 것을 절실하게 느꼈다.

노랑버스는 장애를 가진 사람들이 삼달다방을 방문해 여행하는 데지금도 잘 쓰이고 있다. 노랑버스의 질주는 멈추지 않을 것이다.

에피소드 2. 한라산을 좋아한 소년, 찬일

삼달다방 문화동에는 화수분 같은 술냉장고가 있다. 이곳을 찾는 이들이 알아서 비우고 채워 넣어 마를 새가 없다. 냉장고 바로 한켠에는 누군가의 키를 잰 선들이 빼곡히 그어져 있다. 소년 찬일이 그 선의 주인이다.

"제주도에 계시면 한번 찾아봬도 될까요?"

몇 해 전, 찬일이 엄마에게서 전화가 왔다. 그녀는 블루스 뮤지션인 강허달림의 공연 기획 일로 나와 첫 인연을 맺었는데, 몇 달 전 남편을 교통사고로 잃은 상황이었다. 아들 하나 보며 살아내던 그녀의 목소리에는 위기감이 묻어 있었다. 뭔가 안 좋은 일이 있구나 싶었다.

"무조건 오셔!"

얼마 후 소년과 엄마가 삼달다방을 찾았다. 엄마는 갑작스러운 남편의 죽음과 육아 스트레스로 우울 상태였고, 소년도 정서불안이 커 보였다. 최근 ADHD 판정을 받은 소년은 자기 뜻대로 되지 않으면 분노를 폭발해 주변 사람을 얼어붙도록 만들곤 했다. 엄마를 지켜야 한다는 부담 때문인지 강한 남자처럼 행세하거나 나이에 어울리지 않는 과한 행동을 하는 모습도 자주 보였다.

일종의 곡성(哭聲)이었다. 아버지의 갑작스러운 부재를 받아들이기 힘들어하는 아홉 살 소년의 아픔이 전해져오는 듯했다.

목수였던 소년의 아버지는 등산과 낚시를 좋아했다고 한다. 암벽등반에서 부부의 연도 시작되었다. 아버지는 어린 아들을 업거나 무동을 태운 채 산에 오르고 낚시터에도 데려가곤 했다. 엄마 혼자서는 아

이와 하기 힘든 일을 내가 하면 어떨까 싶었다. 소년이 아버지와 함께 했던 일들을 같이하기로 했다. 부러 평탄치 않은 길로 맞바람을 맞으며 자전거도 타고, 수평선을 바라보며 바다 수영도 함께했다. 나는 수영을 못해 소년과 바다에 들어가기 전 미리 구명조끼를 챙겨 입고 예행연습까지 해보았다.

삼달포구에서 다이빙도 하고 서로에게 의지해 바다로 나간 그날, 나에 대한 소년의 마음이 확 열리기 시작했던 것 같다. 며칠 뒤 우리는 한라산에 올랐다. 아버지가 별이 되었다고 믿고 있던(아마도 믿고 싶었던 것이겠지) 소년은 아버지에게 좀 더 가까이 가고자 남한에서 제일 높은 한라산 정상까지 걸었다. 숨이 턱 밑까지 차오르는데도 소년은 포기할 기색이 없었다. 보름달이 떴을 때는 백약이 오름에도 함께 올랐다. 그저 곁이 되었으면 하는 바람으로 소년과 함께 걷고 헤엄치고 땀 흘렸다.

함께한 시간이 위안이 되었는지 소년과 엄마는 계절이 바뀔 때마다 이곳을 찾는다. 삼달다방이 '마음이 힘들 때 찾는 안식처'라는 말을 두 사람에게서 들었을 때의 감격은 지금도 생생하다. 큰 상실을 경험한 소년이 성장하고 자기 길을 찾아가는 과정에서 동행하는 역할을 나와 삼달다방이 해도 좋겠다는 마음이다. 소년에게 필요한 것은 한 번의 이벤트가 아니라 지속하는 관계와 신뢰니까. 그래서 소년이 찾아오면 소중히 키를 재 기록해둔다. 이곳이 소년과 같이 성장하는 공간임을 삼달다방과 소년의 마음에 새겨두고 싶다.

소년이 찾아올 때마다 조금씩 변화하고 있음을 느낀다. 격한 감정

표현이 누그러졌고 집중력도 늘었다. 울어야 할 때 울고 화내야 할 때 화를 낼 줄 안다. 나 개인의 인격이 훌륭해서가 아니고, 나와 오케이의 역량만으로 이루어진 변화도 아니다. 소년과 엄마의 노력이 이어졌을 테고, 여기에 머무는 사람과 마을 친구가 전한 선한 영향력 덕분이기도 할 것이다. 소년 찬일뿐 아니라 위로나 치유나 성장이 필요한 사람들이 삼달다방에서 그런 관계를 경험했으면 좋겠다.

에피소드 3. 번아웃의 끝에 선 공익 활동가, 치이즈

한달살기를 마치고 떠나던 날, '치이즈'라는 활동명을 쓰는 이가 건넨 편지에는 이렇게 쓰여 있었다.

> 죽음을 원하는 사람은 절대적인 쉼과 안식을 취하고 싶은 사람이래요. 저
> 는 오랫동안 죽고 싶었고 그래서 죽음만이 유일한 선택지가 아니라는 힘과
> 믿음을 가질 수 있었어요. 그러니까 원하던 것을 얻었다는, 잘 쉬고 간다는
> 말을 전해요.

한달살기에서 기대하는 게 있냐고 물어봤을 때 잠을 편하게 자고 싶다고 그는 말했다. 그게 '영원한 잠'도 포함한 이야기였다는 걸 편지를 읽고서야 알았다. 굉장히 소진된 모습으로 삼달다방에 찾아왔던 그가 잘 쉬고 간다니 무엇보다 안심이 되었다.

치이즈는 청소년 인권운동을 하는 공익 활동가였다. 오케이처럼 활

동가라고 하니 더없이 반가웠고, 함께 아는 지인도 많겠지 싶었다. 누구누구 아느냐며 반갑게 물었는데 그는 표정 없는 얼굴로 짧게만 대답하고 말았다. 말을 섞고 싶지 않은 모양이었다. 식사 시간에도 가만히 와서 차려진 밥만 먹고 조용히 일어서곤 했다. 며칠간 똑같은 행동을 보고 있자니 불편한 마음이 스멀스멀 기어나왔다.

'자기 먹은 그릇이라도 좀 치우고 가지. 요즘 애들은 참….'

나도 모르게 꼰대 같은 생각이 스치기도 했다. 일주일쯤 지나서였나. 문화동에서 몇몇이 맥주를 마시고 있을 때 그가 말했다.

"저도 같이 마셔도 돼요?"

무리에 끼겠다고 한 건 처음이라 반가웠다. 이튿날 아침에는 일찍 나와 식사 준비를 도왔다. 저녁에는 직접 음식을 만들어 사람들을 대접했다. 차가 없는 그가 표선 시내에 갈 일이 있다고 하면 일이 없어도 부러 같이 장을 보러 나가며 이야기를 나눴다. 조금씩 관계가 쌓이니 요리한 음식을 나누는 일도, 알아서 설거지하는 날도, 이야기 자리에 끼는 횟수도 늘어났다.

깊은 속내까지는 아니어도 본인 이야기도 꺼내놓았다. 자세한 사정은 몰라도 사람 때문에 지치고 출구 없는 생각의 늪에 빠져 힘들어했다는 건 알 수 있었다. '돕는 사람을 돕는다'라는 삼달다방의 지향에 비추어 볼 때, 치즈는 이곳에 머문 한 달 동안 극적인 변화를 보여준 사람이다. 완전히 소진된 상태에서 새로운 에너지를 채울 때까지 기다려주는 일이 얼마나 중요한지를 절감케 한 사람이기도 하다.

공익 활동을 하다 보면 견고한 사회 장벽과 싸우느라 지치는 이들이 많다. 청소년 활동가의 경우에는 특히 단체가 가진 자원이 워낙 빈약하고 어린 나이부터 치열한 활동을 하느라 지친 데다 동료와의 관계에서 어려움을 겪다 소진되기도 한다. 삼달다방을 찾은 다른 이들도 비슷한 고민을 꺼내놓은 적이 있다.

삼달다방이 그들에게 내어준 건 '따로 또 같이'의 시간과 '먹거리를 통한 관계'뿐이었다. 홀로 있고 싶을 때는 홀로여도 괜찮지만, 사람과 세상에 대한 신뢰를 회복하려면 좋은 사람과 함께 보내는 시간이 필요하다. 함께 음식을 차리고 나누고 정리하는 과정에서 자연스레 관계를 형성하고, 삶의 에너지도 본인의 힘으로 다시 채울 수 있다는 걸 삼달다방의 시간은 알려주었다. 음식을 나눈다는 것 자체가 회복의 신호임을 목격하기도 하였다.

다른 분야에서도 우울증이나 병에 걸려 쉬러 오는 공익 활동가가 적지 않다. 유명한 셀럽이 오는 것보다 그들이 삼달다방을 찾아 조금이나마 힘을 얻어가는 게 나로서는 더 반갑다. 사회를 바꾸기 위해 치열한 삶을 살아내는 활동가가 고향이나 외갓집처럼 삼달다방을 떠올리며 이렇게 말한다면 더할 나위 없이 좋겠다.

"'그냥' 찾아갈 곳이 있어서 좋아요."

에피소드 4. 아픔이 아픔에게: 4·16합창단과 유진

2020년 봄, 가수인 요조가 삼달다방에 밥 먹으러 들렀다. 그가 4·16합창단의 노래와 이야기를 담은 《노래를 불러서 네가 온다면》 북시디

를 선물했다. 그러자 북콘서트를 해보면 어떨까 하는 아이디어가 떠올랐다. 요조와 인권 활동가 박진, 4·16합창단 지휘자 박미리가 맞장구를 치면서 일이 시작되었다.

동생을 잃은 요조, 아이와 형을 먼저 떠나보내고 본인도 위암 선고를 받아 투병 중이던 가수 이정열, 암에 걸린 남편을 돌보던 박진 등이 기획단에 합류했다. 아픔이 있는 사람이 아픈 사람을 보듬고 서로 위로하는 자리를 만들자는 마음으로 4·16 합창단을 북콘서트와 치유 여행에 초대했다.

내게 세월호는 제주도살이를 결정하게 만든 계기 또는 큰 영향을 준 존재다. 2013년, 해군기지 반대 싸움을 벌이는 강정마을에 책을 모아 보내는 '십만대권 프로젝트'를 진행했다. 방송인 노종면, 기자 고재열, 시인 김선우, 사진가 김형욱 같은 친구와 함께했는데 책은 평화를 바라는 시민의 마음을 표현하는 하나의 상징이었다. 그해 10월 17일, 책 4만 권을 싣고 강정으로 향한 유람선 위에서 선상 문화제를 열었다. 문화제 총감독을 맡았던 나는 준비 차 제주도에 자주 오가면서 제주도의 내면을 좀 더 깊이 들여다보기 시작했다.

그로부터 6개월 뒤 바로 그 배가 가라앉았다. 14시간이나 이어진 선상 문화제의 무대였던 바로 그 갑판이 수직으로 기운 뒤 바닷속으로 사라졌다. 문화제를 통해 승무원과도 친분이 있었고 배의 구조도 익숙하다 보니 세월호 사람과 장소가 환영처럼 계속 떠올랐다. 세월호가 가라앉을 때 내가 가라앉는 듯한 기분마저 들었다.

그해 여름 광화문에서 열린 세월호 문화제 기획을 맡아 유가족을 만나면서 나도 뭔가 해야겠다고 마음먹었지만 그리 많은 일을 하지는 못했다. 개인적인 슬럼프도 있었고 이듬해 다니던 직장에서 퇴사하면서 세월호는 마음 깊숙이 아픔과 부담으로만 남겨졌다. 삼달다방을 만들면서 유가족을 초대하려고 몇 차례 제안을 넣었지만, 일정이 맞지 않거나 아이들 수학 여행지였던 제주도 행을 어려워하는 분도 있어 무산되곤 했다. 일로 만나는 기획이 필요하다는 생각을 하던 참에 때마침 요조가 그 책을 들고 나타났다.

2020년 6월, 마침내 40여 명의 유가족이 삼달다방을 찾았다. 머체왓숲길을 걷고, 버스킹을 하고, '수상한 집'이나 세월호 제주도 기억관 같은 의미 있는 공간을 방문하고, 마을 친구와 함께 밥도 나누어 먹었다. 그날 먹었던 채개장(고기 대신에 채소로 만든 육개장) 맛이 일품이었다. 문화동에서는 합창단 콘서트도 두 번 열었는데, 4·3 유가족들도 이 자리에 초대했다.

콘서트가 열린 날, 유가족의 첫 번째 노래가 시작되자 분위기가 점차 숙연해졌다. 두 번째 곡으로 합창단이 〈조율〉이란 곡을 부를 때였다. 목수인 친구, 석탄의 두 살배기 아들 유진이 덩실덩실 엉덩이춤을 추며 무대 한가운데로 나왔다. 순간, 노래하던 유가족의 얼굴에 환한 미소가 파도처럼 번져나갔고 목소리는 더욱 힘차졌다. 유진의 춤은 노래가 끝날 때까지 이어졌다.

유가족은 유진을 보며 죽은 자식들이 다시 살아나는 듯한 느낌을 받았다고 했다. 세대와 세대를 잇고, 생(生)과 사(死)를 만나게 하며, 아픔과 아픔이 서로를 일으켜 세우는 힘이 문화에 있음을 각인시켜

준 순간이기도 해 내게는 더 감격스러운 장면이었다.

사회운동의 곁에서 활동을 응원할 때부터 나는 문화를 통한 조력자 역할을 해왔다. 국가인권위원회 1호 진정사건이었던 '제천 보건소장 장애인 임명 거부 사건'을 주제로 한 문화제나 단체 후원 콘서트를 기획했던 이유도 문화가 사람과 사람의 마음을 연결하는 중요한 매개라는 믿음이 있었기 때문이다. 삼달다방을 만들고도 활동가를 위한 콘서트를 따로 기획하거나 '삼달극장'이라는 이름으로 정기적인 영화 상영회를 열고자 준비하는 이유도 같다. 기업에서 일할 때 수억 원을 들여 유명 가수를 무대에 세운 대규모 공연을 기획해보기도 했지만, 사람과 사람의 마음이 연결되는 느낌을 확연히 체감할 수 있는 삼달다방의 문화제들이 내게는 더 좋은 기억으로 남아 있다. 문화를 통해 사람과 사람을 잇는 일에 밀알의 역할을 하는 삼달다방이 되었으면 하는 바람을 간직하는 이유다.

에피소드 5. '삼달을 사는' 투모사, 이규식

이규식의 별명은 '투모사(투쟁밖에 모르는 사람)'다. 투모사는 중증 뇌병변장애인인 그가 직접 운영하는 유튜브 채널의 이름이기도 하다. 이규식을 빼고 삼달다방의 정체성을 설명하기란 불가능에 가깝다. 그는 '장애인 여행'이라는 측면에서도 새로운 모델을 제시하는 존재다.

이규식은 장애인 거주시설에서 10년 가까이 갇혀 지내다 탈시설하고 장애인 이동권 운동에 이어 장애와인권발바닥행동에서 탈시설 운동의 중심에 나섰던 인물이다. 그는 '이음장애인자립생활센터'를 이끌면서 장애인의 여행과 워크숍을 결합한 '이음 여행' 프로젝트를 진행했는데, 그 뜻을 이어 장애인이 편히 여행하며 머물 공간을 삼달다방에도 만들자고 했다. 그 공간의 이름, '이음동'도 그가 직접 제안했다. 그에 대한 신뢰가 전제되어서도 있지만, 편의시설이 제대로 갖추어져 있지 않은 제주도에서 장애인이 머물 공간이 얼마나 필요한지 알았기에 흔쾌히 제안을 받아들였다.

이규식은 자기 집에 명패를 다는 듯, 이음동에 붙일 서각 간판을 만들어 와 선물했다. 삼달다방은 소유권의 관점에서 보면 나와 오케이의 것이지만, 사회적 관점에서 보면 이규식으로 상징되는 사람이 공유하는 공간이다. 이규식은 휴가를 몰아 이곳에서 길게 머물면서 자기가 원하는 방식으로 제주도살이를 즐긴다. 그의 여행은 '정주하는 여행'이다. 불멍을 즐기고, 노을 지는 제주도의 하늘을 만나고, 바다 수영에 도전하고, 가고 싶은 곳을 다녀온다.

나는 불멍을 즐기게 하기 위해 야외용 난로를 만들고, 노을을 제대로 즐기라고 마당 한편에 캠핑장과 꽃밭을 조성했다. 이규식은 전동휠체어 탑승도 불가능하고 편의시설도 갖추어져 있지 않은 배에 기어이 올라 섬에서 섬으로 여행하고, 수영에 필요한 장비를 만들어 바다로 향했다.

모두 삼달다방과 이웃한 마을 친구의 협력 없이는 어려운 일이었다. 그는 장소적 의미로 삼달다방에 잠시 머물면서 차창 밖 풍경을 소비하는 여행과는 사뭇 다른, 아주 내밀한 방식으로 제주도를 만난다.

스스로 이웃이 되어 관계를 만들고, 하고 싶은 것을 할 수 있는 여건을 만들어버리는 식으로 '삼달을 산다'.

이규식의 여행을 보면 여행의 본질에 충실한 질적 여행이면서 동시에 장애인이 시설이 아닌 지역사회에서 산다는 것의 원형을 앞서 제시하고 있다는 느낌을 받는다. 2022년 봄, 활동 과정에서 몸을 다쳐 석 달간 삼달다방에 머물렀던 이규식은 SNS에 여기에서의 시간을 돌아보며 이렇게 썼다.

> 삼달다방이라는 공간 자체도 좋았고, 타이밍 좋게도 좋은 사람들도 많이 만났다. 조용히 혼자 있고 싶을 때면 혼자 있을 수도 있었다. 무엇보다 하고 싶은 걸 다 하고 갈 수 있어서 행복했다. (…) 이상엽과 박옥순이 없었다면 이 모든 일이 불가능했을 것이다. 두 사람은 내가 하고 싶은 대로 다 할 수 있게 내버려두었고, 내가 무언가를 요청하면 그 뜻을 헤아려 잘 따라주었다. 힘들게 싸우다 왔으니까, 내가 어떤 마음으로 어떻게 싸웠는지 아니까, 여기에 있는 동안만큼은 하고 싶은 거 다 해보라는 마음이 아니었을까.

나와 오케이는 신뢰하고 애정하는 친구 이규식에게 제주도살이가 갖는 각별한 의미를 누구보다 잘 알기에 그를 지지하고 동행하고자 한다. 언어장애를 갖고 있다는 이유로 이규식이 장애인 인권운동에서 해왔던 역할이 상대적으로 덜 평가받는다는 아쉬움 탓인지 그가 좋아하는 일을 함께하는 게 더 각별하다. 삼달다방이 이규식에게 살 만한 공간이라면 다른 장애인과 비장애인에게도 괜찮은 공간이 될 수 있다고 믿기에,

그가 제안하면 흔쾌히 동행하는 '맞울림'의 관계를 이어가려고 한다.

에피소드 6. '럭비공'에게도 있는 사연, 김동현

이규식의 표현을 빌자면, 김동현은 '차모사(차밖에 모르는 사람)', '농모사(농구밖에 모르는 사람)'다. 20대 후반의 그는 지금 차(car)와 농구에 완전 꽂혀 있다. 누구는 그를 자폐성 장애인으로만 바라보지만, 나에게 그는 대화하는 즐거움이 있는 친구다.

김동현은 발달장애인의 감각 발달과 사회 참여를 지원하는 '시소 감각통합상담연구소'가 삼달다방으로 워크숍을 왔을 때 함께 온 이였다. 어려서부터 '시소'의 지석연 소장과 인연을 맺으면서 발달 재활 치료를 받았고, 자라서는 시소에서 활동했다.

2017년인가에 자폐성 발달장애인과 가족 200명이 전세기를 빌려 제주도를 방문하는 '효니 프로젝트'를 진행한 바 있다. '서울장애인부모연대'가 주축이 된 프로젝트였는데, 효니는 발달장애를 가진 한 아이의 이름에서 빌려왔다. 지금도 크게 나아지지 않았지만, 당시는 발달장애인이 비행기를 타기가 더 어려웠다. 소리를 지른다거나 하는 이러저러한 이유로 다른 승객이 불편해한다며 항공사가 기피했고, 가족들도 엄두를 내지 못했다. 효니 프로젝트로 많은 발달장애인과 가족이 생애 첫 비행을 경험했고, 이는 언론에도 여러 번 보도되어 시민의 인식 개선에 도움이 되었다.

그 후 서울재활병원 발달장애인 자조모임이 삼달다방을 찾아왔을

때도 김동현은 선배 자격으로 자원 활동을 했다. 그다음, 김동현은 혼자 삼달다방을 방문했다. 서울에 사는 발달장애인이 혼자 제주도의 이곳까지 찾아온다는 게 쉽지 않은 일이었는데, 나는 믿었고 결국 그는 해냈다.

김동현이 삼달다방을 좋아하는 이유는 크게 두 가지인 것 같다. 하나는 자기의 주요 관심사인 차와 농구에 관한 대화를 나눌 파트너가 있다는 것. 그는 특정 관심 영역에 몰입하는 자폐 스펙트럼을 가졌는데, 이를테면 사람을 차로 기억하고('무쏘를 타는 사람=탈루', '프라이드를 모는 사람=석탄' 식이다) 이미 단종된 차량 모델까지 죄다 꿰고 있을 정도다. 농구도 무척 좋아해 자기가 태어나지도 않은 시절의 농구대잔치 이야기도 자주 꺼낸다. 나 역시 스포츠를 좋아해 둘이 나눌 이야기가 무궁무진하다.

또 하나는 부모의 눈치를 보지 않아도 되는, 자유롭고 편안한 술자리가 있다는 것. 그는 많아야 맥주 한두 캔 정도를 마신다. 술 자체보다는 술자리의 분위기나 사람과의 관계를 더 좋아한다. 부모에게 절대적 지지를 받는다 해도 다른 사회관계에 대한 갈망은 누구에게나 있기 마련이다. 김동현 역시 자기가 좋아하는 사람이 있고, 공통의 소재로 대화를 나눌 사람이 있고, 자기 이야기를 환영하는 사람이 있는 삼달다방을 좋아한다.

김동현과 다른 사람의 대화는 대개 이런 식으로 종료되곤 한다. 김동현이 느닷없어 보이는 질문을 꺼내면 상대방은 모르겠다며 피하거나 한두 번 들어주다가도 뜬금없는 이야기가 계속되면 그만하라고 타박하는 방식으로. 그런데 나와 김동현의 대화는 길게는 3시간 가까이 이어지기도 한다.

그가 유튜브에서 본 농구대잔치 이야기를 꺼내면 내가 영상에는 나오지 않는 이야기를 보태고, 몇 년도에 기아가 우승한 이야기를 하다 보면 기아가 만든 차 이야기로 넘어가고, 그러다 그 시대에 유행한 차 이야기로 확장되고. 표면적으로만 보면 계속 이야기 내용이 딴 데로 튀는 '럭비공식 대화'다. 반면 김동현의 입장에서는 개연성이 충분한, 계속 연결되는 이야기다. 나 역시 하나에 꽂히면 엄청 몰입하는 기질이 있어 그가 나와 크게 다르지 않다고 여긴다. 그래서인지 '왜 동문서답하냐'고 답답해하거나 '왜 자기 하고 싶은 이야기만 계속하면서 끼어드느냐'고 화를 내지 않는다.

여러 사람과 안전한 대화를 나눈 덕분인지, 시간이 흐르면서 그가 던지는 질문이나 이야기 주제도 차츰 넓어지고 있다.

삼달다방이 김동현과 같은 장애인에게 안전하고 존중받는 공간이 되기를 바란다. 그렇다고 다른 투숙객에게 미리부터 지켜야 할 예의나 선을 설명하려고 하지는 않는다. 대개 잘 모르거나 익숙하지 않아 생기는 문제이기에 시간을 같이 보내다 보면 다른 장애가 낯선 이도 스스로 깨닫게 된다고 믿기 때문이다. 나나 삼달다방의 친구가 김동현과 관계 맺는 방식을 지켜보면서 자연스레 익히는 감수성도 있을 테고, 관심을 가지면 스스로 더 알아보려고 노력하지 않을까. 삼달다방이 그렇게 서로에게 익숙해지는 공간이 되면 좋겠다. 장애인뿐 아니라 성소수자나 비건, 또 어느 누구라도 공동체의 구성원으로 환대받고 함께 사는 것을 연습할 수 있는 '열린 공동체'로 나아가기를 바란다.

에피소드 7. 가족의 경계를 넘는 가족, 맑음이네

삼달다방에서 지내다 보면 고운 마음을 자주 만난다. 삼달다방이 추구하는 가치를 자기 일상에서 이미 실천하는 사람이 찾아오기도 하고, 삼달다방에서 보낸 시간을 다른 이에게 선물하려는 사람도 자주 보인다. 장애인자립생활센터에서 일하는 이태준과 그의 아내 이유림, 갓 돌이 지난 맑음으로 구성된 맑음이네 가족이 대표적이다. 아이의 이름대로 맑디맑은 사람이 삼달다방을 찾아오면 마음이 절로 환해지곤 한다. 삼달다방 한켠에 자리한 컨테이너 공간, '무방(무엇이든 해도 무방하고 비우고 채운다는 뜻)'에 새겨진 '맑음'이라는 글귀도 아이의 이름에서 따왔다.

이태준은 오케이가 장애우권익문제연구소에서 활동할 때 처음 인연을 맺은 사람이다. 태준과 유림이 결혼식 주례를 오케이에게 부탁하고, 신혼여행도 삼달다방으로 오면서 우리 부부와의 인연이 더 깊어졌다. 장애인 태준과 비장애인 유림의 사랑과 결혼에 뒤따랐을 우여곡절을 짐작하기란 어렵지 않다. 그들에게 무조건적 지지를 보여주고 싶었다. 인생에서 수많은 난관에 부딪혀도 자기 존재와 선택을 믿어주는 사람이 있으면 살아낼 수 있으니까. 장애 여부를 떠나 각자 다른 환경에서 자라온 사람이 서로 존중하며 함께 산다는 게 쉽지 않음을 알기에, 결혼한 선배로서도 지혜를 나누는 동반자가 되고 싶기도 했다. 신혼여행 때부터 엄마 뱃속에서 이곳을 찾은 맑음은 삼달다방과 함께 나고 자라는 '삼달다방의 아이'가 되었다. 자녀가 없는 나에게는 개인적으로 맑음이 아들처럼 여겨지기도 한다.

삼달다방은 장애인과 비장애인, 장애인과 장애인 커플이 신혼여행으로 자주 찾는 곳이다. 꼭 제도적 의미의 가족이 아니더라도 사람에게는 존재와 행복의 베이스캠프가 되는 '가족'이 필요하다고 나는 생각한다. 그 가족이 구성되고 이어지기 위해서는 신뢰와 지지를 보내는 '사이' 또는 '곁'이 있어야 한다. 제도나 사회 인식이 구성을 쉽게 허용하지 않는 가족에게는 더더욱 그렇다. 삼달다방이 맑음이네로 상징되는 가족들, 특히 장애인 가족에게 사회적 안전망 역할을 하는 공간이 되면 좋겠다.

아이의 돌이 지나 삼달다방을 찾아온 맑음이네가 꺼낸 이야기가 있다. 본인들 같은 장애인 가족의 신혼여행이나 시설에서 나온 장애인의 여행 경비를 1년에 한 번씩이라도 부담하고 싶다고 했다. 경제 활동으로 얻은 소득을 자기 가족만을 위해 쓰지 않고, 자기네와 같은 이들이 이 사회에 존재하기를 바라는 마음으로 나누겠다니 반갑기 그지없었다.

맑음이네는 사회가 허락한 경계를 넘어 가족을 구성했고, 그 가족의 경계를 다시 넘어 누군가의 곁이 되고자 한다. 그런 마음이 모여 '곁'이 넓어지고 우리 사회도 좀 더 맑아진다는 걸 되새긴다.

사람 맛집을 이어가려면

사람들이 삼달다방을 찾는 이유는 이곳에서 위로와 힘을 얻기 때문이다. 다르게 말하면 존재의 의미를 찾을 수 있어서다. 누군가에게 위로와 힘이 된다는 건 귀한 일이고, 나 역시 삼달다방을 찾는 이들 덕분에 위로와 힘을 얻는다. 내가 행복해지기 위해 삼달다방을 시작했는데, 삼달다방을 찾는 이들이 행복해하니 덩달아 나도 행복해진다.

이렇게 귀한 일이 가끔 힘에 부칠 때가 있다. 누군가 휴지를 잔뜩 풀어놓아 화장실 변기가 막히거나 깨지는 일도, 겨울철 전기세나 가스요금 폭탄이 쏟아지는 일도 내게는 그리 큰 문제가 아니다. 마음을 다루는 일이 부대낄 때가 더 고민이다. 적절한 심리적 거리를 두려 하지만 누군가의 깊은 우울감이 전이되기도 하고, 고통의 한가운데 있는 사람들이 내비치는 예민하거나 날 선 표현들 앞에서 마음이 움츠러들기도 한다.

나나 오케이나 다른 투숙객이 감당하기에는 벅찬 상황이 생길까 싶어 방문이 우려되는 사람도 있다. 삼달다방이 누구에게나 안전한 공간이기를 바라는데, 나나 오케이가 자리를 비운 상태에서 차별적 언행을 하는 사람이 생길 때 제대로 대처하지 못하면 어쩌나 우려되는 경우도 있다. 배제하지 않고 함께할 방법을 찾자니 고민의 연속이다. 삼달다방에도 멘토가 필요한 건 아닌가 싶기도 하다. 마음의 근육과 낯선 상황에 적절히 대처할 역량도 키워나가야 할 텐데…. 나와 삼달다방에 아직 남은 숙제다.

난다

청소년인권운동연대 지음의 상임 활동가로 선거권 연령 하향, 청소년 참정권 확대와 학생인권법 제정을 요구하는 등의 운동을 하고 있다. 이 글은 그가 활동가로 일하며 번아웃이 왔을 때 삼달다방에서 한달살기를 한 이야기다.

무너져도 괜찮아, 구를 수 있으니까

'이 정도면 오래 버텼다, 쉬어야겠다.'

이런 생각이 든 건 온갖 감정의 파도에 빠져 허우적대다 겨우 조금 고개를 들고 숨을 몰아쉬던 때로 그러니까 활동한 지 10년째 되던 해였다.

나는 2008년에 본격적으로 청소년 인권운동을 시작해 어쩌다 보니 이만큼까지 왔다. 하지만 그때부터 제대로 쉬어본 적이 없었다. 청소년 인권운동에서는 그동안 상임 활동가를 가진 단체가 많지 않았기에 공식적으로 활동가가 쉬었다가 복귀한다는 절차와 체계가 마련되기 어려웠기 때문이었다. 그러다 보니 다른 단체나 운동에서 실행하는 '안식년(1년 유급 휴가)' 개념도, 활동가가 쉬었다가 복귀한 경험도 거의 없었다. 개인이 각자의 상황에 따라 알아서 휴식이나 복귀를 결정하곤 했다. 나 또한 몇 년 정도 다른 단체에서 상근 활동을 했을 때를 제외하면 생계를 위한 일과 청소년 인권운동을 같이 해오다 보니 언제쯤 쉼을 가져야 할지 떠올리기조차 어려웠던 것 같다.

새로운 운동을 만들며 새로운 사람을 만나는 일이 버겁고, 지금까지의 내 삶과 운동에 대해 무력감이 커진 건 그만큼 내가 지쳤기 때문인 것 같았다. 저임금, 과로, 불규칙한 생활, 미래를 전망하기 어려운 현실들···. 많은 활동가가 처한 어려움을 나도 겪었다. 운동의 상황과 새로 제안받은 일을 떠올리며 '그래도 아직은 쉴 때가 아니'라는 생각도 했다. 하지만 '쉬기에 괜찮은 시기'가 오기를 기다리기보다 그 시기를 만들어 스스로에게 선물하는 것도 좋겠다고 여겼다. 또 청소년 인권운동 안에서 비교적 오래 활동해온 내가 쉼을 갖고 재충전해 다시 돌아오는 사례를 만들고 경험하고 싶었다.

삼달다방을 만나다

예전부터 한달살기에 관심이 있었다. 새롭고 낯선 곳에서의 한 달은 어떤 느낌일까? 열흘 정도 여행을 해본 적은 있었지만, 그 이상의 시간을 보내는 건 여행과는 또 다른 경험일 것 같아 궁금했다. 해외 여행은 무리라고 판단하고 제주도로 마음을 정했다. 숙소를 알아보며 삼달다방을 떠올린 건 혜원을 통해 소식을 접했던 게 기억이 났기 때문이다. 혜원은 청소년 인권운동을 하며 만난 친구인데, 삼달다방을 잘 몰랐던 나와 우리 주변 친구에게 삼달을 알려주었다.

그렇게 나는 3월 초, 삼달다방으로 떠났다.

제주도 공항에 도착하니 비가 내리고 있었다. 삼달다방 근처까지 가는 버스는 타이밍을 놓쳐 1시간 정도를 기다려야 탈 수 있었다. 비 냄새가 축축했던 기억이 난다. 숙소에 도착하니 비 냄새에 나무 냄새가 더해졌다. 삼달다방을 처음으로 만난 날이었다. 먼저 머물고 있던 분들이 반갑게 맞아주었고 난생처음 보는 반신욕 기계에 들어가 몸을 데웠다. 초면인데도 살랑살랑 눈빛을 보내며 반겨주던 초코도 있었다. 삼달다방의 첫인상처럼 몸과 마음이 따끈따끈해졌다.

3월의 제주도는 생각보다 추웠다. 그래도 남쪽이니까, 봄이니까 하며 챙겨온 옷들은 그곳의 변화무쌍한 날씨와 바람에 제 역할을 거의 못했다. 처음으로 백약이 오름에 가기로 한 날, 오케이가 털모자를 꼭 챙겨가라며 손에 쥐어주었다. 완전 겨울용 모자를 보며 나는 처음에는 어리둥절했지만 오름을 오르며 어마어마하게 불어오는 바람에 그 모자를 쓸 수밖에 없었다.

아하, 이래서 털모자가 필요했구나.

다음에 또 3월에 온다면 필수품으로 챙겨야겠다고 생각했다.

휴가 초반에는 '쉬는 날들'에 몸과 마음이 적응하는 데에도 시간이 걸렸던 것 같다. 잠을 그렇게 자도 피곤하고, 잘 안 꾸던 패턴의 꿈을 꾸기도 하고, 여기저기 몸이 아픈 것 같고, 어쩐지 소화도 잘 안 됐다. 특히 첫 일주일은 몸은 삼달다방에 있는데 마음은 아직 서울에 있는 상태로, 쉬는 것 같으면서도 서울 일들이 신경 쓰이곤 했다.

무엇이든 새로운 걸 배울 때는 연습과 적응이 필요한 법이다. 처음

물속에 들어가 수영을 배울 때도, 한 번도 해본 적 없는 무언가를 시작할 때도, 몸에서 힘을 빼라는 이야기를 많이 한다. 쉼도 마찬가지일 텐데, 그 힘 빼기가 참 쉽지 않다. 이제 쉬니까, 요가와 운동도 꾸준히 하니까 여유도 생기고 몸도 좀 튼튼해지겠지 하면서 나도 모르게 또 열심히 하고 힘을 내고 있었다.

오랜 시간 뭉친 몸과 마음이 단번에 풀리지 않는 건 자연스러운 일인데도 쉬는 동안에 몸도 마음도 최대한 회복해야 한다고 생각했다. 쉬면서도 자꾸 무언가를 해내려 하고, 빨리 비우고 서둘러 채우려고 한 것이다. 이런 나의 오래된 습관을 새삼스레 발견하면서 그제서야 조금은 느긋한 마음이 되었다. 물론 '지금 내가 이렇구나, 힘을 좀 빼야지' 한다고 마음먹은 대로, 생각하는 대로 되는 것도 아니었지만.

다시 찾은 삼달

그렇게 시간이 지나고 여름에 다시 삼달다방을 찾았다. 봄은 겪어봤으니 다른 계절을 경험하고 싶었기 때문이었다. 또 근처에서 열리는 〈춤추는 섬 3: 표현하는 몸〉 워크숍에 참여하려는 이유도 있었다. '춤추는 섬'은 '바리나모'라는 댄스 아티스트 듀오가 제주도에서 진행하는 소매틱스(somatics, 근육의 움직임을 의식하고 수의적으로 통제함으로써 몸을 회복하는 운동법이자 우리 몸의 주인이 되어서 우리가 원하는 상태를 만드는 것을 의미한다) 댄스 프로젝트의 이름이다. 몸을 움직이는 일은 영 자신 없지만 잘 몰라도 괜찮다는 이야기에 덥석

신청해버렸다. 그렇게 2주 동안 다양한 사람과 함께 춤을 추면서 나의 몸을 새롭게 만났다. 몸의 가능성과 한계를 동시에 경험했으며, 매일 매일 다른 에너지를 주고받았고, 혼란과 안정감을 오가며 몸에 에너지가 흘렀다.

최근 '나는 그동안 두 팔을 계속 뻗고 있다가 팔이 아파 잠시 내려 놓고 있는 중'이라고 내 상태를 생각한 적이 있었다(지침, 소진감 등 쉼을 갖기로 한 이유와도 연결된다). 이번 워크숍에 참여하면서 스스로의 상태를 좀 더 몸으로 경험해본 것 같았다. 늘 새로운 것과의 관계 맺음에 열려 있는 편이고 그런 상태를 좋아한다고 생각했는데 몸을 움직이다 보니 다른 감각이 떠올랐다. 몸을 웅크렸다 펼치는 동작을 반복할 때, 웅크리는 느낌이 훨씬 편안하고 해방감을 주었던 것이다. 또 어떤 순간에는 다른 몸과 한없이 가까워지고 싶으면서도 연결되고 싶지 않은 마음이 같이 올라왔다. 그렇게 몸을 움직이면서 내 안에 다양한 결이 있고 끊임없이 달라진다는 걸 느꼈다.

'나는 경계심이 크고 동시에 그 경계심에 대한 저항도 있구나. 지금 내가 이렇구나….'

삼달다방에서 지낸 덕분에 자연과의 연결을 느꼈던 것도 특별한 경험이다. 그중 기억에 남는 게 돌이다. 바람이 많이 부는 제주도에서는 일부러 사이사이에 구멍이 나게끔 돌담을 쌓는다고 한다. 그래서 얼핏 허술해 보이는데 오히려 그 허술함 덕분에 와르르 무너지지 않는 것이다. 강한 바람이 불어 조금씩 흔들리고 굴러 떨어지더라도 무너지지 않는 힘이 허술함에서 나온다는 게 재미있었다.

워크숍이 끝난 후 서울에서 같이 활동하는 투명가방끈 활동가들과 엠티 겸 회의를 하러 다시 삼달다방에 왔다. 서울에서 만나 이런저런 활동을 하며 제법 오랜 시간 알고 지냈지만 이렇게 여행하듯 다른 공간에서 함께한 건 거의 처음이었다. 삼달다방에서 지내면서 다른 단체나 활동가가 워크숍하는 걸 보고 우리도 하면 좋겠어서 내가 제안했다. 다행히 다들 바쁜 와중에도 시간을 맞춰 추억을 쌓았다. 매일매일 날씨가 좋아 너무 뜨겁기도 했지만 다 같이 삼달다방의 노랑버스를 타고 '무심 투어'를 했던 날은 특히 잊지 못할 것이다.

쉴 '틈'을 내어준 까만 돌

주위를 둘러보면 많은 사람이 틈 없이 바쁘게 산다. 또 살면서 마음 놓고 푹 쉬어본 적이 없는 경우가 대부분이다. 나도 살면서 이런 시간이 거의 처음이었다. 하루는 멍 때리고, 하루는 온종일 파도만 바라보고, 흩날리는 꽃비를 맞고, 아침 일찍 바다 수영을 하고, 처음 만난 사람과 속 깊은 이야기를 나눴다. 숲길을 걷고, 오름을 오르고, 달빛을 받으며 산책하고 같은 시기에 숙소에 머무는 이들과 같이 밥을 해 먹으며 조금씩 정이 들었다. 이 모든 시간을 삼달다방에서 가졌다. 삼달다방이 아니었다면 이런 경험을 못 했을 거라 생각하니 그때의 우리가 더 애틋해진다.

며칠 전, 인권 활동가의 마음 돌봄을 위해 어떤 연습이 필요한지를 나누는 강의에 참여했다.

"지친 당신에게 지금 필요한 것은 무엇인가요? 잠시 상상해보세요. 지쳐 있는 당신에게 필요한 것이 갖춰진 그곳을 떠올려보세요."

강사분의 말씀에 따라 눈을 감았는데, 바로 삼달다방 근처의 바다 목장이 떠올랐다. 바다목장에서 부는 바람을 맞으며 따뜻한 커피를 마시던 그때, 까만 돌들에 기대앉아 파도를 바라보던 그때가 나에게 참 편안한 시간이었나 보다.

정다운 사람들, 사박사박 흙길을 밟는 느낌, 시시때때로 바뀌던 하늘의 풍경, 아침 햇살을 맞으며 마시던 커피 한 잔, 계절의 흐름을 알려주는 듯한 풀벌레 소리, 문화동에서 함께 불렀던 사람들의 노랫소리, 끊임없이 흔들리는 파도와 바람, 허술함과 단단함이 공존하는 까만 돌들. 쉼의 경험이 지금 나에게 어떤 식으로든 남아 있는 것 같아 든든하다.

아마 앞으로도 지치는 일이, 바쁜 날이 있을 것이다. 또다시 막막하고 힘든 일에 부딪히면 허술함과 단단함이 공존하는 까만 돌을 떠올릴 것 같다. 만약 우리가 돌이라면, 어느 날 비바람이 불면 무너질 수 있다. 하지만 다시 쌓을 수도 있다. 그 상태로 구를 수도 있다. 그렇게 살아갈 수 있다. 나는 이제 비슷한 구멍과 흉터를 가진 돌들과 부대끼며, 흔들리는 파도를 마주하며, 허술하면서도 씩씩하게 살아가고 싶다.

여준민

장애와인권발바닥행동에서 장애인 차별에 대응하는 활동을 했
다. 장애우권익문제연구소에서 발행한 〈함께걸음〉 월간지 기
자로 일했으며 박옥순과는 장애우권익문제연구소에서 만나 장
애와인권발바닥행동을 같이 만들었다. 이 글은 삼달다방 이음
동 건축 기금 마련을 위해 〈오마이뉴스〉에 2019년 4월 19일
실었던 편지를 재정리한 것이다.

'무심'이란 이름값하며 사는 사람

"형, 꽃동네(장애인거주시설)에서 20~30년 살다가 나온 지 5년쯤 되는 친구들이 서로 눈이 맞아 결혼하게 됐어. 그래서 '발바닥행동'이랑 '노들장애인야학'이랑 '노들장애인자립생활센터'가 모여 결혼 추진위원회를 만들었는데, 가만히 보니 돈이 제일 많이 들어가는 게 밥값이잖아? 서울여성플라자에서 할 건데 밥값 후원이 될 만한 곳이 있는지 형이 좀 알아봐 줘."

대뜸 연락했다.

장애와인권발바닥행동의 활동은 늘 이런 식이다. 필요하면 말부터 던진다. '손 내밀면 잡겠지' 하는 '근거 없는 자신감'은 '믿을 만한 구석'이라는 자기암시가 되어버렸다. 이런 습관은 어느새 일상으로 변했다. 그렇게 성사시킨 일들이 참으로 많다. 하고 싶은 일을 '돈이 없어' 못한 적은 기억나지 않을 정도다. 이는 삼달다방 주인장, 우리에게 '형부'로 통하는 '이상엽'이 있기 때문이었다.

"그래, 그 친구들 연애 스토리랑 결혼식 일정을 줘 봐."

딱 이 말뿐이다. 그로부터 일주일 후.

"여기로 전화하고 이야기해. 아마 공문 넣어야 할 거야."

"알았어요. 그런데 형, 삼달다방으로 신혼여행 가고 싶대. 어떻게 하지?"

이에 대한 대답도 간단명료하다.

"그래? 연락하라고 해."

휠체어 탄 두 사람이 각각 활동지원사와 함께 3박 4일의 여행을 가겠다고 하는데, 그의 반응은 '무심'하다. 누군가 그랬다. 장애가 있는 사람과 관계 맺음에서 최고는 '무심한 배려'라고. 딱히 '배려'라고 하는 것 또한 비장애인 중심의, 혹은 사회가 가져야 할 태도를 강조하느라 에둘러 쓴 불필요한 표현 아닐까.

'입장의 동일함이 최고의 관계 형태'라 하셨던 고 신영복 선생님의 말씀을 나는 삼달다방의 주인장 이상엽의 '무심'으로 읽고 싶다. 그를 보면 사람과 사람 사이 관계의 힘은 '무심함'에서 나오는 은근한 애정이 아닌가 싶을 때가 종종 있기 때문이다.

그랬다. 장애와인권발바닥행동의 초창기 멤버이자, 전국장애인차별철폐연대에서 활동하는 인권운동가 박옥순의 남편인 이상엽의 별칭이 바로 '무심'이다. 하이텔, 천리안 등 온라인 커뮤니티가 처음 생겼던 1990년대 초반부터 그는 인터넷상에서 '무심'으로 읽혔다. 사람

은 이름값을 하며 살아야 한다는데 그는 별칭대로 늘 사람과 상황을 '무심'하게 대했다. 많은 사람이 기쁜 일, 슬픈 일에 일희일비한다. 하지만 감정을 숨기지 못하고 호들갑 떨거나 생색내기를 주저하지 않는 부류와 그는 달랐다. 좋든 싫든, 언짢든 행복하든, 늘 상황과 사람을 있는 그대로 받아들인다. 그래서 그와 함께 있으면 다름이 존중받는 느낌이다. 다름이 어려움이나 불편이 아니라 그냥 인정받는다는 느낌 말이다.

휠체어를 탄 예비 부부의 결혼 준비

두 친구는 2019년 5월 6일 결혼을 했다. 그 전년도에 예비 신랑 이상우가 우리에게 먼저 손을 내밀었다.

"누나, 나 영은이랑 결혼하고 싶은데, 도와줄 수 있어?"

이러저러한 이유로 1년이 늦춰졌으나, 시설에서 나온 후 알뜰살뜰 돈을 모아 그들만의 오붓한 아파트로 이사도 했다.

예비 신부 최영은과 함께 살기 위해 수급비를 아껴 월 60만 원씩 적금을 넣었다고 한다. 가전제품이나 혼수 등도 이미 다 마련해 준비할 것이 많지는 않았다. 아홉 살 연상의 예비 신랑은 자기만을 애틋하게 바라봐 주는 연인을 위해 치밀하게 '결혼 추진위원회'를 이끌었다.

가장 부담이 되었던 200인 분의 식사비를 무심의 도움으로 해결했으니 그다음부터는 어려울 게 없었다. 진심으로 축복하는 양가 가족을 모시고 상견례도 마쳤다. 야외 스튜디오 촬영도 끝냈다. 결혼 당일

군산에 계신 이미숙 생활한복 디자이너께서 예복으로 생활한복을 대여해주시기로 했다. 사회, 영상, 축가 등 모든 준비 역시 끝난 상태였다.

이들 부부는 생애 2/3를 살았던 음성 꽃동네 '희망의 집'도 방문해 지인, 직원에게 청첩장을 전하며 '결혼식 초대'를 했다. 시설에서 나와 자립한 후 5년 만에 처음 방문한 것이다. 탈시설 후 새로운 인연을 많이 맺었지만 학연·지연과는 거리가 먼 삶을 산 두 사람에게 꽃동네 사람은 매우 각별한 의미라 보고 싶었다고 했다. '다른 사람들도 나처럼 나와 살면 좋은데' 하는 생각도 늘 했다고 한다. 하지만 '초대'에 대한 희망의 집의 공식 반응은 없었다. 신랑의 마음은 조급해졌다. 음성에서 서울까지 오려면 리프트 장착 버스와 하루 동안 활동지원을 해줄 직원이나 자원가가 필요했기 때문이다.

"누나, 꽃동네에서 차량이랑 활동지원이 없으면 어떻게 하지?"

이 질문에 대한 대답은 누구의 몫일까? 이상우와 최영은일까? 결혼 추진위원회일까? 꽃동네일까? 국가일까?

삼달다방은 장애가 있는 사람들이 비빌 언덕

결혼을 준비하면서 신혼여행 이야기가 나왔다.

"삼달다방 어때?"

내 제안에 두 친구가 눈만 끔뻑거렸다.

"아, 다방이 진짜 다방이기도 하지만 게스트하우스야. 발바닥행동의 활동가이자 서울 이음장애인자립생활센터 소장 이규식이 기부해 만든 일명 '이규식 하우스'인 이음동이 생겼어. 둘이 오붓한 신혼여행을 즐기기에 딱 좋을 거야. 게다가 거기는 노랑버스(휠체어 리프트 차량)도 있어."

순간 두 사람이 안도의 미소를 지어 보였다. 이후 다시 만난 두 사람은 인터넷을 통해 삼달다방을 찾아보았다고 했다. '장애인과 비장애인 모두가 사람답게 머물고 쉴 수 있는 공간이라는 이음동의 좌우명이 마음에 든다'며 다른 신혼여행 장소는 눈에 들어오지 않았다고 했다. 제주도가 처음인 두 친구는 설레는 모양이었다. 이미 비행기표 예매도 다 하고 여행지도 하나하나 알아보고 있단다.

제주도는 장애가 있는 사람에게 꿈같은 여행지다. 비행기 타는 것도 어려웠지만 저상버스, 휠체어 콜택시 타기는 '하늘의 별 따기'처럼 힘들고, 휠체어 탑승이 가능한 렌터카도 제주도 전역을 통틀어 몇 대 되지 않기 때문이다. 호텔도 화장실, 샤워실이 이용 가능한지 미리 확인해야 했고, 식당도 휠체어가 들어가는지 여러 곳을 찾아 헤매야 했다. 여행지는 경사로보다 계단이 많았고 바닷가로 내려가는 것 역시 바위투성이에 턱이 턱없이 높아 불가능에 가까웠다.

상우와 영은은 결혼식을 마치고 제주도로 가 전동휠체어도 쉽게 들어가도록 설계된 이음동에 첫 번째 손님으로 묵었다. 활동지원사가 함께했고 무심도 이들의 제주도 여행을 도왔다. 며칠간의 달콤한 신혼여행을 끝낸 이들은 다시 일상으로 돌아가 자신들과 동료 장애인들이 사회의 일원으로 살아갈 세상을 만들기 위해 활동 중이다.

제주도로 워크숍 가다!

1년에 두 번 2박 3일 워크숍을 할라치면 늘 여기저기 공간을 빌려야 하는 형편이었다. 하지만 삼달다방이 생긴 후 우리 발바닥행동은 상엽 형부 덕에 호강하게 됐다. 평화롭게 자연과 함께하는 워크숍은 우리의 전망을 더 밝게 하는 것 같다. 그 전해 삼달다방으로 워크숍을 갔다 온 아라 활동가는 "이렇게 자유롭고 행복한 조직 여행은 없었어"라고 했다. 함께 있으면서도 제각각 편안하게 즐기는 시간과 장소가 새삼 고마웠다고 한다.

이제 이규식 활동가는 단체여행 말고 혼자만의 제주도 여행을 고집한다. 자기가 마음껏 편히 머물 수 있는 삼달다방도 있겠다, 혼자서도 잘 논다고 자랑을 해 배가 아플 정도다.

최근 많은 곳에 배리어프리 디자인이 적용돼 휠체어의 접근이 가능하다고는 하지만, 여행은 절대 쉽지 않다. 그런 점에서 삼달다방은 마음 편히 비빌 언덕임에 틀림이 없다. 물론 우리가 원하는 것은 제주도 모든 곳이 삼달다방이 되는 것이지만.

삼달다방은 주인장을 닮아 '무심'하다. 하지만 환대와 우정이 넘치는 '함께 사는 제주도'를 만들고 있다고 확신한다.

조형근

서울대학교에서 학사, 석사, 박사를 마친 사회학자다. 마을 합창단 '파노라마'의 리더이며, 미얀마민주화운동을 지지하는 모임에서 활동 중이다. MBC 라디오 〈김종배의 시선집중〉, KBS 라디오 〈주진우 라이브〉 등에 출연 중이며 〈한겨레〉 신문에 '조형근의 낮은 목소리' 칼럼을 쓰고 있다. 저서로 《나는 글을 쓸 때만 정의롭다》, 《우리 안의 친일》, 공저로 《좌우파 사전》, 《섬을 탈출하는 방법》 등이 있다. 지난 2022년 겨울 삼달다방의 애완견 초코의 1주기 콘서트 '동물은 물건이 아니에요'를 함께 했다. 삼달다방과는 2021년 제주도 여행 때 우연히 방문한 것이 인연이 되었다. 이 글은 2021년 삼달다방에 처음 왔을 때 만났던 초코가 다른 별로 돌아가는 길을 함께했던 기억과 동물권에 대한 이야기다.

별이 된 초코를 기억하며

2021년 11월 말부터 3주 가까이 제주도의 삼달다방에서 묵었다. 전에는 몰랐다가 우연한 기회에 알게 되어 처가 먼저 머물고, 이어서 내가 묵었다. 둘이 합쳐 한달살기 비슷하게 한 셈이다. 거기서 여러 사람을 만났다. 주인장 오케이와 무심을 알게 되어 기뻤다. 게스트로, 이웃으로 함께한 이들도 그랬다. 평범하지만 특별한 사람들. 그 인연이 이어져서 2022년 초에 같이 날짜를 맞춰 다시 삼달을 찾았다. 그 후에도 간간이 만나고 연락하고 지낸다. 조만간 다시 삼달에 가려 한다. 삼달은 특별한 곳이니까.

처음 삼달에서 지내는 동안 나는 특이한 경험을 했다. 이제 그 이야기를 하려 한다. 그때 내가 사는 파주로 돌아와 써두었던 글에 조금 살을 붙인다. 그 무렵 마음의 느낌을 그대로 간직하고 싶어, 처음 글을 썼던 2021년 12월 20일 시점에 그대로 머문다. 그때로 돌아가 보자.

따뜻한 남도 제주도에서 지내다가 파주로 돌아오니 영하 10도 아래 맹추위다. 봄날 같던 제주도가 그립다. 구름 걷히고 햇살에 빛나던 성산 광치기해변이, 골목마다 길마다 꽃이 만발해 있던 서귀포 거리가, 물새떼 내려앉은 하도의 저녁 노을 풍경이 아른거린다.

이렇게 말하면 굉장한 구경이라도 한 것 같지만, 실은 일거리를 잔뜩 가져간 터라 저기가 얼추 다녀본 곳 전부다. 중산간 외딴곳 삼달다방에 머물며 일하다가, 답답하면 가끔 버스 타고 성산 일출 도서관에 가서 작업을 했다. 그러다가 또 마음이 내키면 버스를 갈아타고 다녔던 곳들이다. 일하던 틈틈이 짬을 내서 다닌 탓인지 더 애틋한 느낌인 것도 같다.

다방에 머물 때는 이음동의 내 방과 문화동을 오가며 지냈다. 문화동에서 책을 읽거나 멍 때리고 있다 보면 조용조용 오가는 무언가가 있었다. 삼달의 식구 '초코'였다. 열네 살 먹은 노견이라고 했다. 무척이나 활발했는데 그 전해부터 건강이 나빠졌단다. 잘 보이지 않는 눈으로 기저귀를 찬 채 조심스레 다녔다.

주인장 무심과 오케이 부부에게 초코는 소중한 가족이었다. 오케이가 아팠을 때도 초코가 큰 힘이 됐다고 했다. 초코는 낯을 가리지 않았다. 처음 머무는 내게도 다가와서 가만히 머리를 대곤 했다. 그러면 나도 머리를 쓰다듬으며 말했다.

"아프지 말고 오래 살자."

162

말뿐인 내 바람과는 달리 머무는 동안 초코 상태가 점점 나빠졌다. 악화되는 게 눈에 보였다. 마침내 먹지도, 움직이지도 못하게 됐다. 제주시의 지인들을 만나러 나서던 날, 무심은 나를 제주시까지 태워주겠다고 했다. 초코를 제주시 동물병원에 데려가려던 참이라며. 그렇게 함께 제주시로 향했다. 제주 시내의 동물병원에 가면 뭐라도 초코에게 도움이 되지 않을까, 나도 마음속으로 빌어보았다.

제주시 일정을 마치고 다음 날 저녁 삼달로 돌아와 보니 서울 간다던 오케이가 그대로 있었다. 무심과 오케이 앞에 초코가 누워 있었다. 병원에서 손쓸 방법이 없다고 했단다. 두 사람도, 나도 말이 없었다. 누워 있는 초코를 쓰다듬었다. 초코 눈에 눈물이 맺혀 있었다.

그날 밤사이 초코는 무지개다리를 건너 자기 별로 돌아갔다.

새벽에 문자를 받고 문화동으로 건너가 보니 양지바른 창가에 초코의 자리가 마련되어 있었다. 제일 좋아했던 쿠션에 천을 덮고 누운 채 초코가 잠들어 있었다. 향 내음이 그윽했다. 마침 숙소에 묵고 있던 게스트는 나뿐이었다. 어찌해야 할지 막막했다. 알고 보니 불필요한 걱정이었다. 삼달의 이웃들이 속속 도착했다.

초코와 나눈 추억이 가득한 이들이 모여 초코의 마지막을 함께했다. 나는 그 속에 섞여 들어가기만 하면 됐다. 저녁에는 더 많은 이들이 찾아와 식사하고 술을 나눴다. 추억의 동영상도 같이 보았다. 얼마 전 세 식구가 마지막으로 함께 산책 나간 주어코지의 겨울 바닷가 풍경도 나왔다. 그 정경이 내 머릿속에 시리게 남았다.

같이 살던 개의 죽음을 마을 사람들이 함께 추모하는 건 특별한 경험이었다. 별이 된 초코가 기뻐하고 있을 것 같았다. 그 시간의 느낌이 참 아련해서 마음에 깊이 새겨졌다.

다음 날 아침, 장례를 치렀다. 초코가 좋아했다던 바람 많은 폭낭(팽나무) 아래 무덤을 만들었다. 이웃 사람 탈루가 곡괭이질로 언 땅을 팠다. 일 못하는 내가 삽질로 흙을 퍼냈다. 그동안 오케이와 무심은 초코를 안고서, 아이가 뛰놀던 집 안이며 마당이며 이곳저곳을 마지막으로 거닐었다.

초코가 좋아했다던 그 쿠션에 눕혀서 밥과 꽃과 함께 묻었다. 돌을 모아 예쁘게 무덤을 두르고, 초코가 바람을 타고 올라가는 모양의 숙소 로고도 꽂았다. 봄이 되면 잔디를 심는다고 했다. 마지막 집이 예뻐서 참 좋았다.

이쯤에서 이 가슴 뭉클한 이야기를 자르며 누군가가 말할 것 같다. 동물 매장은 불법이라고. 맞다. 자기 집 땅이라고 해도 동물을 매장하는 건 불법이다. 딱 세 가지 방법만 허용된다. 종량제 쓰레기봉투에 담아 버리거나, 동물병원에 위탁해 의료 폐기물로 버리거나, 동물 화장장에서 화장해야 한다.

당신이라면 식구를 쓰레기나 의료 폐기물로 버리고 싶은가? 화장만이 유일한 대안인데, 제주도에는 아직 동물 화장장이 없다. 전국적으로도 많지 않다. 사람 화장장도 그렇지만 동물 화장장도 지역 주민의 반발이 심해서 짓기 어렵다. 결국 별 탈 없는 대안은 쓰레기로 버리는 것뿐이다.

식구로 함께 살던 반려동물이 쓰레기가 되는 이유는 법이 동물을

물건으로 규정하기 때문이다. 민법 제98조는 "물건이라 함은 유체물 및 전기 기타 관리할 수 있는 자연력을 말한다"고 하여 동물도 물건으로 규정한다. 매매의 대상이 되고 쓰레기로 처리되는 이유다. 죽여도 학대해도 재물손괴죄를 적용한다. 동물학대죄라도 처벌 강도가 매우 약하다. 학대한 반려인 '주인'에게 돌아가게 되는 경우가 다반사다. 모두 동물이 물건으로 간주되는 탓에 벌어지는 일이다.

국제적 입법 추세는 바뀐 지 오래다. 1988년 오스트리아가 처음 민법상 "동물은 물건이 아니다"라고 정의한 이래 독일, 스위스, 프랑스 등 여러 나라가 뒤를 이었다. 프랑스 민법에서는 "동물은 감정을 지닌 생명체"라고 정의한다. 생명에 대한 최소한의 예의를 지키려는 모습이다.

법무부는 2021년 7월에 입법 예고한 민법 제98조 신설 개정안에서 "동물은 물건이 아니다"라는 조항을 두기로 결정했다. 늦었지만 다행이다. 제20대 대통령 선거운동 당시 민주당의 이재명 후보는 진료비 표준수가제, 반려동물 의료보험, 반려동물 공제조합 설립 등 반려동물을 위한 핵심 공약들을 이행하겠다고 약속했다. 국민의힘 윤석열 후보도 같은 취지로 구두 약속했다고 한다.

2022년 11월 현재, 어떤 약속도 지켜지지 않았다. 한 사람은 대통령이, 또 한 사람은 의회 다수당의 대표가 되어 있지만, 동물은 여전히 물건으로 남아 있고 공약들은 허공으로 흩어졌다. 동물 학대를 막을 장치도 부실하다. 약속의 무게가 공기처럼 가벼운 세상이다. 법이 모든 학대를 막지는 못하겠지만, 그나마 법이 없으면 아예 못 막는다.

갈 길이 너무 멀다.

사람도 살기 힘든 세상인데 동물까지 신경 쓰느냐는 항변이 있을 법하다. 반려동물 의료보험과 표준수가제 등을 실행하려면 반려인의 부담이 늘어나고 재정도 투입되어야 한다. 이런 경제적 부담을 감당할 만한 중산층을 겨냥한 의제라는 비판도 있다. 동물에 대한 애정이 사실은 인간 혐오의 이면이라는 비판도 존재한다.

나치의 동물보호법은 잘 알려진 사례다. 세계 최초로 동물보호법을 만든 자들이 끔찍한 인종 대량학살을 저질렀다. 인간이 지닌 모순에 몸서리치게 되는 대목이다. 어느 쪽이든 손쉽게 반론을 펴기 어려운 문제다. 역시 세상은 간단치 않다.

그렇다고는 해도 반려동물과 함께 사는 사람이 1,500만 명에 달하는 시대다. 노인빈곤율이 40퍼센트를 넘는데, 가난하고 의지할 데 없는 독거노인에게는 반려동물이 유일한 식구인 경우도 많다. 중산층 의제라고 단정하기 어렵다. 사람이냐 동물이냐라는 이분법보다는 생명으로서 함께 살 방법을 고민해야 한다.

어릴 적 키우던 반려견이 교통사고로 죽은 다음 반려동물과는 인연을 맺지 않고 살았다. 지금 사는 동네에서 우연찮게 이웃살이를 하게 되면서 다시 동물들과 인연의 끈이 이어졌다.

2019년에 임시보호한 유기묘 '쩜오'는 송곳니가 모두 부러져 있었다. 학대의 흔적이었다. 혼자 두고 집을 나서면 나가지 말라며 따라와서 다리를 붙잡고 매달렸다. 밤에는 침대에 올라와 처 옆에 꼭 붙어서 잤다. 입양할 형편이 못 되니 안타까울 따름이었는데, 다행히 마음 따

168

뜻한 가정으로 갔다. 가끔 그 집에 가면 여전히 반겨주는 것이 그렇게 사랑스러울 수 없다.

2020년에 임시보호한 유기묘는 중성화 수술 준비 중에 고치기 힘든 큰 병이 발견됐다. 이미 중성화도 되어 있었다. 수의사는 아마도 병 때문에 버려진 것 같다고 말했다. 병든 줄 알면서 아이를 다른 집에 보낼 수 없었다. 입양할 형편이 못 된다고 생각해왔지만, 형편을 따질 계제가 아니었다. 그렇게 '코루'는 우리 식구가 됐다. 그리고 우리 삶도 변했다. 식구가 늘었으니 당연한 일이다.

이웃들이 코루를 응원하는 톡방을 만들었다. 백일 기념 잔치도 해 주고, 우리가 집을 비울 때면 찾아와서 돌봐주기도 한다. 쩜오처럼 개냥이가 아니어서 집에서 나갈 때도 힘들지 않다. 자기 마음 내키는 데서 자니 편하다가도 문득 아쉽기도 하다. 딴 데서 자다가 새벽에 침대 위로 올라와 품에 안기면 잠결에도 행복해진다.

초코의 장례를 치르다 보니 코루가 더욱 보고 싶어졌다. 그 주말 삼달에서 음악회가 있다고 해서 더 머물고 싶었지만 서둘러 돌아온 이유다. 추운 밤에 코루를 껴안고 잠을 청하니 체온이 따뜻했다. 초코도 따뜻하면 좋겠다는 생각이 들었다.

동물은 물건이 아니다. 나와 당신이 물건이 아닌 것처럼.

돌봄은 돌봄을 낳고

초코의 죽음 이후 다른 반려견을 생각하지 못하고 있었다. 그만큼 초코의 자리가 컸다. 그런데 어느 날부터 삼도는 마치 자신의 집인 양 삼달다방 이곳저곳에 앉아 있었다. 바람에 몸을 맡기고는 양지에서 그늘로 자리만 바꿀 뿐이었다. 갈비뼈를 훤히 드러낸 바싹 마른 몸으로 삼달다방 주변을 배회했다. 측은지심이 남다른 오케이 박옥순 여사가 사나흘을 버티다가 먹을 것을 주니 눌러앉았다. 인연이라 생각했다.

그즈음 머물던 열아홉 살 청년의 이름과 삼달다방을 연결해서 삼도라 지었다. 그가 돌봄을 통한 돌봄을 경험할 기회를 가졌으면 했다. 마음의 병을 물리치기를 바랐다. 다행히 약도 먹지 않고 잠도 잘 자게 되었다는 그 청년은 육지로 돌아가 고교생으로 열심히 살아가고 있다.

그러던 중 갑자기 삼도가 임신을 했다. 준비가 되지 않았지만 배경내와 박옥순이 부지런히 산후조리를 도왔다. 황태미역국을 끓이고 고기 고명을 얹었다. 삼도도 그 자식들도 건강하기를 바라는 마음이 더해졌다. 아이들이 커가니 이런저런 생각이 맴돈다.

삼달 친구 조형근 님의 글처럼 '동물은 물건이 아니다'. 이쁘게 개량된 종자가 아니어도 삼도의 아이들은 충분히 착하고 이쁘다. 돌봄은 돌봄을 낳는다.

_무심

고요와 활력이
공존하는

3장

문화동

공간 이야기 2_**문화동**

삼달다방의 공식·비공식 행사와 모임이 이루어지는 문화동. 삼달다방에서 가장 넓고 높지만 혼자 있어도 과하지 않은 마치 숨은 방 같고, 또 한 번에 세어지지 않는 인원이 들이닥쳐도 조금도 부족하지 않게 함께하는 사람들 마음만큼 넓어지는 멋진 공간이다.

이곳에서 조성일밴드 삼달다방 콘서트, 4·16합창단 콘서트, 장애인인권영화제, 북토크 등 수백여 개의 문화행사가 이루어졌다.

문을 열고 들어가면 2층 높이로 뻥 뚫린 넓은 홀이 나온다. 그 홀 사방 벽은 책장이다. 만화책을 비롯해 다양한 책과 엘피판, 어디서 왔는지 궁금증을 유발하는 장식품 등이 책장에 가득하다. 창 쪽 천장에는 다양한 행사와 영화제에 꼭 필요한 대형 스크린이 언제든 내려올 자세를 취하고 있다.

출입문 맞은편 책장 쪽 나무 계단을 오르면 천장이 낮아 고개를 숙여야 하는, 그래서 더욱 다정하고 아늑한 다락방이 나온다. 그 다락방 난간에 턱을 괴고 내려다보면 1층 공간이 한눈에 들어온다. 다락방에 사람들을 무장해제시키는 어떤 힘이 있는 것인지, 사람들은 다락방에만 오르면 제 방인 듯 아무렇게나 엎드려 책을 읽고 뒹굴거리며 시간을 보낸다.

다락방 뒤쪽으로는 작은 옥상이 있고, 옥상으로 난 창으로는 삼달다방을 안고 있는 풍경이 보인다. 그 창 앞에 철로 만든 조형물이 있는데 얼핏 보면 '삶'이기도 하고 '사람'이기도 하다.

미안해서 다락 아래

다락 아래는 무심의 개인 작업실이자 조용히 앉아 삼달의 바깥 풍경을 실컷 구경할 수 있는 숨은 안식처인데, 사실 무심의 미안함과 아쉬움이 만든 공간이기도 하다. 문화동의 다락방은 사람들에게 사랑받는 공간이지만 휠체어 이용자는 접근이 어렵다는 점이 아쉽다. 삼달다방의 모든 공간은 비장애인·장애인이 함께 이용할 수 있어야 하므로 다락 아래에서도 창밖을 바라볼 수 있도록 이 공간을 만들었다.

삼달다방의 밭과 마을 풍경이 마음을 넉넉하게 해주는 이곳은 다락 아래에 있어서 '다락 아래'라 불린다.

박미리

세월호 참사 유가족과 생존 가족, 일반 시민이 뜻을 모아 결성한 4·16합창단의 지휘자다. 2015년 박미리가 '평화의 나무 합창단'에서 공연 기획을 맡았을 당시 '세월호 부모님들과 함께 공연을 기획해서 해보자'라는 제안을 하면서 시작되었다. 결성된 후 7년 동안 340여 회가 넘는 공연을 했다. 세월호 사건 진상 규명과 아픈 사람들을 위로하는 일이라면 어디든지 달려가고 있다. 2020년 삼달다방에서 '노래를 불러서 네가 온다면' 북콘서트를 했다. 그때의 이야기를 박미리 지휘자가 정리했다.

삼달에 머문 노래 편지

아이들이 도착하지 못한 제주도

세월호 참사 6주기가 지났을 무렵 제주도에 사는 무심에게서 전화가 왔다. 가수 요조가 삼달에 들러 북시디를 선물로 주었다고 했다.

무심과 합창단 이야기를 나눈 것은 그때가 처음이 아니다.

4·16합창단 부모님이 제주도 삼달에 오셔서 '쉼'을 가지면 좋겠다는 제안을 이미 무심은 여러 번 했던 참이었다. 아이를 잃고 진상 규명, 책임자 처벌을 외치며 하루하루 투쟁의 현장에 몸이 가 있는 사람에게 '쉼'이라는 단어는 사치나 금기어처럼 꺼내기 어려웠지만 무심은 합창단의 제주도 방문에 오래전부터 돌을 던져 동그란 파장을 일으키고 있었다.

2019년 겨울부터 2020년 봄까지, 코로나19가 시작되는 상황에서도

《노래를 불러서 네가 온다면》 북시디를 세월호 참사 6주기에 맞춰 온 힘을 다해 내었다. 하지만 4월이 지나고 5월이 다가와도 코로나19에 발목이 잡혀 북시디는 세상과 직접 만나기 어려웠다. 그즈음 다시 무심에게서 전화가 왔다.

2020년 5월, 합창단이 제주도로 북콘서트를 가는 이야기가 구체적으로 시작되었다. 무심은 북콘서트 일정과 내용을 알리며 자신의 페이스북에 이런 글을 남겼다.

사람이 사람을 존중하며 존중받는 사회에 살고 싶다. 세월호 사건은 이 사회에서 사람에 대한 기본 존중이 무너진 일이었다. 난 주관성을 배제하고 우리 삶에서 세월호를 올바르게 기억해야 한다고 생각한다. 삼달다방 북콘서트는 잘 기억하는 자리다. 또 세월호 부모님께 작은 쉼표가 되면 좋겠다고 생각했다. 삼달다방에서 진행될 북콘서트 제안에 흔쾌히 함께 손잡은 따뜻한 지휘자 박미리 씨, 다방에서 밥 먹다 《노래를 불러서 네가 온다면》 북시디를 전하고 북콘서트까지 참여하는 이웃마을 요조, 제주도 뮤지션으로 멋진 노래를 함께하는 전생의 동생 조성일, 국민 사회자로 애정하는 인권 활동가 박진, 따뜻한 감성 연출 벗 김재욱 목사, 평화쉼터 신동훈 씨까지 고맙다. 좋은 사람들과 존중과 쉼이 있는 자리를 만들고 싶다.(2020. 06. 15.)

아이들이 도착하지 못한 제주도에 합창단은 도둑 들 듯 소리 없이 찾아간 적이 있다. 세월호 의인 김동수 씨가 제주도 병원에 입원해 있을 때 '같이 살자'며 한 사람을 위한 노래를 부르러 달려갔던 것이 처음이었고, 이어서 제주 4.3을 기억하는 자리에 연대 공연을 갔다. 모두 아픈 사람들을 만나러 가는 자리였다.

아픔이 아픔을 알아보고 간 자리였다. 그러나 4·16합창단에게 '제주도'는 남다르기에 북콘서트 의미를 확장하며 그 너머로 건너갈 수 있을지 내 스스로 조심스러운 마음이 컸다. 그럼에도 합창단의 제주도 북콘서트 일정 논의가 시작된 뒤, 부모님들은 제주도에 사는 세월호 참사 생존자 분들을 초대하고 싶다는 더 큰 품을 내기도 했다.

일정 중 제주도 강정마을 미사에 참여해 버스킹을 할 수 있는지, 화물차 생존자 분들과의 만남은 어떻게 준비하면 좋을지, 4.3 유가족 분들의 초청과 제주도에서 세월호 활동을 하는 분들에 대한 고마움을 전하는 방법 등 고민을 나누고 마음을 모으는 시간이 이어졌다.

제주도에서 보낸 노래 편지

2020년 6월 26일 머체왓 숲 체험에 동행할 참여자를 모으고, 27일 토요일 삼달다방에서 2회의 공연을 하기로 했다. 제주도뿐만 아니라 서울에서도 2박 3일의 일정을 함께하는 사람들이 찾아왔다.

첫날은 머체왓 숲에 들어가 나무들 사이에 듬성듬성 서서 반주도 없이 노래를 불렀다. 제주도 땅을 울리며 합창단은 목울대를 눌러가며 오롯이 아이들에게만 불러주는 노래를 했다. 2019년 북미주 공연을 하기 위해 도착한 LA에서 공연 일정과 상관없이 처음 찾아간 도시의 언덕 위에서도 부모님들이 버스킹으로 〈잊지 않을게〉를 먼저 불렀

던 기억이 떠올랐다.

노래는 떠난 아이에게 묻는 여전히 낯선 안부 인사이고, 힘이 되어달라는
간곡한 기도다. 또 어떤 날은 뒤늦게 아이의 마음을 듣는 마법이기도 했다
가 묵직한 혼잣말이기도 하다. 4·16합창단의 노래는, 그래서 끝이 없는 편
지 같다.

　　　　　　　　　　　－《노래를 불러서 네가 온다면》 p.66, 박미리 글 중에서

　책에 썼던 글처럼 어느 곳을 찾아가도 아이들이 함께했고, 노래로
서로의 안부를 물으며 끝이 없는 편지가 이어졌다. 삼달이 내어준 품
으로 제주도에서도 비로소 아이들을 만난 것이다.
　삼달다방 공간에서 우리는 바닥에 앉아 노래하고, 계단에 앉아서도
노래했다. 숨결 가까이 노래하고 다정하게 이야기를 나누며 기꺼이
웃을 수 있었다.
　방바닥에 빙 둘러앉아 손잡고 노래를 부르던 처음 그때처럼 삼달을
찾은 사람들과 끊어지지 않는 연결의 느낌은 삼달다방 공간이 주는
힘이 컸기에 가능했다.
　제주도에서 노래 부를 때 잊지 못할 장면이 여럿이었지만 그중 단
원 누구나 이구동성으로 말하는 가장 인상적인 장면이 있다.
　북콘서트 마지막 곡 〈조율〉의 반주가 시작되고, 음악 비트에 맞춰
박수 소리가 시작될 때 나름 무대라고 경계 지은 공간을 한 관객이 넘
어섰다. 지휘자가 무릎을 꿇어야 눈을 맞출 수 있는 키의 최연소 관객

이 무대로 총총 달려들어 덩실덩실 엉덩이와 팔을 흔들며 웃었다.

그때 합창단 어머니들의 눈빛을 잊을 수가 없다. 노래를 부르며 저렇게 환히 웃었던 적이 있던가. 함께 무대에 선 한 사람에게 노래하며 박수 치며 어깨를 들썩인 적이 있던가. 그 어린아이에게 보내는 온 마음이 제주도 바다를 출렁이게 할 정도로 크게 넘실대는 순간이었다.

'노래를 불러서 네가 온다면' 북콘서트 타이틀의 간절한 바람에 답하듯 불쑥 그 아이가 선물처럼 찾아온 느낌이 들었다.

'오겠지, 올 거야'라고 믿었던 그날 이후 눈물로 불러야 했던 노래들. 기억하는 자리에 박수 소리는 어울리지 않는 듯 매번 숨죽여 함께 울던 사람들. 기억과 다짐으로 노래하지만 실은 끝내 소리치고 있던 마음들.

이러한 그간의 합창단 공연 장면에 삼달의 자리는 단단하고 환한 징검다리가 되어 다시 바다를 건너게 했다. 끝으로 북콘서트가 있기 며칠 전 콘티를 짜고 정리하며 썼던 글의 일부를 옮겨본다.

특히나 더욱 이번 공연은 '사람'을 생각했다. 어떤 노래를 언제 어떻게 부를까보다는 노래를 부를 사람들이 평소와 다른 시공간에서 느낄 감정과 그 노래를 들을 사람들의 마음, 시선만을 두고두고 생각했다. 제주도 이곳저곳에서도 아이들과 우리를 향한 노래를 부를 참이다. 처음 계획했던 대로 다 만날 수 없는 상황을 조금 아쉬워하는 지휘자에게 '하늘이 우리 합창단에게 더 좋은 인연과 시간을 준비해 놓았으리라 기대한다'고 힘을 주시는 부모님의 마음이 있으니! 콘티는 사실 어떻게 짜더라도 다 술술 따사로이

흘러갈 공연일 수밖에 없다. 제주도에서 나눌 노래 이야기가 이미 시작되었다.(2020. 06. 24.)

제주도라는 땅이 주는 '의미'가 서로 다른 사람이 한날한시 한곳에 모여 최선의 노래란 어떤 것일까를 끊임없이 되물었다. 마음을 한 걸음 내어 여기 온 것만으로도 '최선'인 사람들이 있으니. 합창단에게 삼달다방에서의 무대는 '제주도'여서 이미 많은 의미를 담고 있었다.

삼달다방에서의 '올바르게 기억하고, 잘 기억하는' 북콘서트는 열린 마음을 얹고 얹어 함께한 '사람'들이 전부인 자리였다. 제주도에서 하늘로 보낸 편지가 '사람'과 '사람'이 한 줄씩 써내려간 한 권의 노래책이 되었다. '존중과 쉼'의 자리, 삼달다방의 노래책이 아이들이 가고자 했던 제주도에 머물러 있어 참 고맙다.

임종진 바람소리

월간 〈말〉, 〈한겨레〉 신문 등에서 사진기자로 일했으며, 여섯 차례에 걸친 방북 취재를 통해 북한 주민들의 일상을 사진으로 담아내 잔잔한 반향을 일으켰다. 이때 찍은 사진으로 2018년 〈사는 거이 다 똑같디요 - 평양의 일상〉 사진전을 열었다. 이 사진전은 앵콜 전시를 할 정도로 많은 사람이 다녀갔다. 사진이 지닌 치유와 회복의 힘을 전하는 전문 사진 심리상담가로 5·18 고문 피해자, 70·80년대 간첩조작 피해자 등 국가폭력이나 부실한 사회안전망으로 상처를 입은 이들 그리고 마음 회복을 필요로 하는 시민들을 대상으로 사진 치유 프로그램을 진행하고 있다. 지은 책으로는 《당신 곁에 있습니다》 외 다수가 있으며 2020년 이 책으로 삼달다방에서 북콘서트도 했다. 이 글은 삼달다방에서 진행한 사진 치유 프로그램의 기록이다.

탈성매매 여성들과의 치유 여행

스산한 바람에 옷깃을 여밀 때가 되면 절로 따뜻한 곳이 그리워집니다. 이맘때가 딱 그러네요. 두툼한 외투, 한두 겹 두른 목도리로 겉을 채우지만 속은 그다지 데워지지 않는 듯싶으면 더욱 그렇습니다. 글을 읽고 있는 당신은 이맘때가 되면 어디를 즐겨 찾으시나요? 겉과 속을 따뜻하게 감싸줄 만한 당신만의 그곳이 있으신가요? 가슴이 달달하게 채워질 만한 곳이라면 아마도 계절과 상관없이 기꺼이 길을 나설 수 있으리라는 생각이 듭니다.

저에게도 그런 곳이 있습니다. 제주도에 있는 이곳의 이름은 '삼달다방'입니다. 이름 참 구수하지요. 올해에도 저는 표선 바다 인근에 있는 삼달다방을 여러 차례 찾아갔습니다.

이름 때문에 혹시 차를 마시는 '다방'이 아닌가 궁금해할 수도 있겠네요. 금방 알아차리겠지만 삼달다방은 차를 마실 수는 있으나 그것만 있는 곳이 아닙니다. 몸을 누일 방들이 여러 채 건물들 속에 두루 놓여 있고요. 밥을 지어 나누는 식당은 어느 순간에 다수가 모여 세미나, 공연, 연주, 출판 기념회 등등이 수시로 열리는 널찍한 공간으로 탈바꿈하기도 합니다. 주인장이 흥이 나면 낡은 엘피를 턴테이블에 얹어 편안히 음악을 들려줄 때도 있습니다. 거기에 몸이 근질거리는 분이라면 밭일을 하거나 귤을 따면서 노동의 참맛을 맛보기까지 할 수 있지요. 수시로 끓여주는 커피와 무뻥차를 물처럼 들이킬 수 있기까지 합니다.

진면목은 사실 그것만이 아닙니다

이미 삼달다방을 '겪어본' 이들이라면 고개를 끄덕일 텐데요. 이 공간은 사람과 삶이 함께 익어가는 곳이라는 점입니다. 다방을 이루고 있는 공간 전체의 언뜻 투박해 보이는 짜임새는 볼수록 섬세하고 정겹기만 한데요. 이곳을 찾아오는 이들을 위한 배려의 손길이 사방에 고루 배어 있기 때문이지요. 주인장의 즐거운 상상들로 인해 펼쳐진 전체 공간의 느낌은 실제 찾아오는 이들의 마음을 편하게 감싸줍니다. 한 사람의 삶을 소중히 여기고 그가 이루어온 일들을 지지하면서 그러다 지치고 힘들 때면 아무 때나 쉬러 오시라는 주인장의 의지가 고스란히 묻어 있기 때문이지요.

그래서일까요? 장애인이든 비장애인이든 또는 어느 누구 가릴 것

없이 이곳에 오면 평온의 기운을 머금게 됩니다. 제 스스로 짐짓 꿈꿔온 공간의 형상이 있다면 이곳 삼달다방이 그에 무척 가깝다는 생각이 은근한 질투심 속에 기분 좋게 솟아오르기도 하지요. 주인장(사실은 누구나)인 오케이 박옥순 선생과 무심 이상엽 형의 서로 다른 다양성이 고루 조화를 이루어 종래에는 찾아오는 이들 거의가 온전히 쉼을 이루다 가고 다시 찾는 일이 이곳 삼달다방에서는 아주 흔합니다. 그야말로 다시 찾고 싶은 곳이려니 싶은데 오고 간 이들이 여기저기에 남긴 흔적들을 보면 고개를 끄덕이게 됩니다.

혹시 삼달다방이 궁금하신가요? 이곳에서 함께 공간을 경험했던 저의 인연들과의 시간을 떠올리면서 그 답을 찾아봅니다. 맡은 프로그램 진행이 주목적이었지만 저 또한 일부러 여러 지인과 함께 자주 삼달다방을 찾아 머물렀습니다. 그때마다 여러 인연들과 섞여 시간을 보냈는데 특히 몇 해 전 사회복지법인 윙이 운영하는 자활지원센터 넝쿨의 젊은 청년과 나눈 시간을 먼저 손꼽게 됩니다. 모두 여성인 이 청년들은 여러 형태로 사회적 고통을 겪은 경험을 가지고 있는데요. 넝쿨의 자활 프로그램에 참여하면서 저와 더불어 자신의 존재성을 인식하는 사진 치유 프로그램을 함께했습니다. 서울에서 3주 사전과정을 진행하고 마지막 2박 3일은 삼달다방에서 같이했어요. 삼달다방에서의 시간은 특히 모두가 자기 감정의 흐름과 마주하며 스스로 마음 회복을 이루는 여정이 되기에 충분했습니다.

무엇보다 제주도의 바닷바람과 흙, 물 그리고 삼달다방의 모든 여건들(앞서 기술한)이 이들과 일체감을 이루며 온전히 즐거움을 만끽

했던 시간이었지요.

첫날부터 열린 푸른 하늘빛은 더 말할 것도 없었습니다. 너른 바다와 하늘이 조화롭고 따사롭게 이 청년들을 감싸주는 바람에 모두가 행복한 표정을 감추지 않았지요. 넝쿨의 여러 활동가까지 모두 그저 함께 어울려 바라보고 살피면서 사진을 통해 자기 마음의 흐름에 집중했던 시간들이었습니다.

진행자인 저는 '선생님'이 아니라 '바람소리'라 불린 친구였고 여정에 동행한 이강훈 사진가는 '작가님'이 아니라 '형아'가 되었지요. 그러면서 우리는 온전히 친구가 될 수 있었던 듯합니다. 굳이 치유라는 말을 쓸 일 없이 제주도에서의 여정은 그렇게 서로 친구가 되고 마음을 여는 시간이 되었네요. 저는 사진 치유사로서 상담 등의 프로그램 전체를 진행하는데 이렇게 참여자가 자기능동의 힘으로 마음을 여는 순간을 보는 것이 가장 즐거운 일이거든요.

거기에 편안하고 안전한 잠자리와 환상적인 음식들은 모두에게 '존중받는 느낌'이라는 선물이기도 했습니다. 머무는 기간 동안 꽉 채워진 일정은 삼달다방이기에 들뜸이 되는, 그래서 모두가 즐거운 비명을 기꺼이 내는 시간들이었지요. 거기에 초겨울 들어 잘 익은 감귤을 따는 경험도 무척이나 신나는 노동(?)의 시간이 되었답니다. 주인장인 무심 형은 이전까지 선배로 부르다가 자연스럽게 '형'이라 했는데 이는 저뿐만이 아니었습니다. 참가자 모두에게 든든한 뒷배였고 나직한 동반자였으며 달콤한 주인장이었으니 말이지요. 한참을 걸어야 했던 제주도의 숲길 산책도 걸음은 고되었으나 끝은 후끈

했습니다. 사람을 진정으로 품는 이가 있다면 바로 상엽 형이 아닐까 싶습니다.

나는 제주도의 풍경을 찍기보다는 가만히 모든 참여자의 앞과 뒤를 살피는 시간을 가졌습니다. 각자가 무엇을 바라보는지, 무엇에 마음이 따르는지, 즐거움이 있다면 무엇 때문인지, 그들이 툭툭 던지는 감흥들에 귀를 기울였지요. 2박 3일의 여정을 마치고 참가자들이 찍은 사진은 삼달다방 카페의 사방 벽을 메꾸어놓았습니다. 모두들 자신의 감흥이 담긴 사진들이 벽에 걸리자 어찌나 좋아하던지요.

주제는 두 가지, '나에게 머물다' 그리고 '너에게 머물다'

'나에게 머물다'는 자신의 마음이 흐르는 풍경이 주를 이루었고 '너에게 머물다'는 하루씩 번갈아 정한 짝꿍을 찍어 그에 대한 마음의 시선을 표현한 사진입니다. 어색하면 어색한 대로 친하면 친한 대로 더 가까이 다가서는 시간이었습니다. 풍경과 사람이 참가자들의 가슴에 콕콕 박힌 듯합니다. 모두 자기 존재성과 맞닿는 시간들이었기에, 스스로 느끼는 감정에 충실하게 몰입했기 때문이었겠지요.

마지막 날 저녁에는 제주도의 멋진 예술가들이 함께한 흥겨운 잔치마당이 있었습니다. 가수 조성일과 기타리스트 러피, 춤꾼 박연술과 첼로 아티스트 문지윤 그리고 '바람슷긴'이라는 애칭을 가진 정미숙 사진가. 이 귀한 예술가들이 모두의 가슴을 채워주었습니다. 당연히 참가자들의 마음은 후끈 달아올랐습니다. 자신을 위한 자리라는 것을

알았기 때문이었어요.

바로 그 순간, 서로를 품는 시간이지 않았을까 흐뭇하게 생각합니다. 마음의 벽과 허물이 눈 녹듯 풀어지는 정말 아름다운 시간이었습니다. 참가자 중 한 친구는 사진으로 자기 인생의 길을 열어보고 싶다고 하더군요. 뜨거움이 가슴에 밀려들었다면서요.

삼달다방은 그런 곳입니다

사람과 삶이 더불어 익어가는 곳. 이곳에 몸을 들이는 순간 누구나 알아차릴 수 있습니다. 서로를 살피고 자신을 둘러싼 세상을 두루 바라보면서 살아 있음에 감사한 마음이 절로 드는 곳이지요. 혹여 삶이 고

단하거나 힘에 겨워 잠시나마 쉼을 갖고 싶다면 저는 삼달다방에서 하루든 이틀이든 묵으라고, 아니 아예 한달살기를 해보라고 권유하고 싶습니다. 아마도 분명 자신에게 선물 같은 시간이 되기에 충분할 것입니다.

조성일

민중음악 그룹 '꽃다지'의 멤버로 꽃다지에서 14년간 창작과
공연을 했다. 2012년 꽃다지 활동을 정리하고 제주도로 이주
한 후 정규음반 1집 《시동을 걸었어》, 미니음반 《일상이 아닌
일상을 살며》 그리고 정규음반 2집 《TIME》을 발표하며 싱어
송라이터로 활동하고 있다. 2019년 6월에 삼달다방에서 이음
동을 짓는 동안 응원해준 사람들에게 감사의 의미를 담은 조성
일밴드 콘서트를 했다. 이 글은 조성일이 제주도에 정착한 이후
살아가는 모습과 삼달다방과의 인연을 이야기한다.

사람을 잇는 노래,
사람을 잇는 공간, 닮은 우리

오랜 세월 그 방에서 난 잠이 들었는지 몰라

오랜 세월 그 방에서 난 꿈을 꿨는지도 몰라

난 자유롭다 생각하고 있었던 건지도 몰라

난 모든 것을 알고 있다 믿고 있었는지 몰라

하지만 그 방에서 난 나오기가 두려웠던 거야

알고 있었지만 내겐 더 용기가 필요했던 거야

– 조성일 1집《시동을 걸었어》음반 수록곡 〈그 방에서〉

제주도로 내려온 지 올해로 12년째를 맞는다. 그동안 감귤밭 일도 해보고 어린이집 차량운전도 해보고 막노동판도 다녀봤다. 2022년까지 서귀포 시민단체에서 상근자로도 있었다. 싱어송라이터로서 음악 활동을 지켜나가면서 경제적 어려움도 해소할 수 있는 일들은 많지 않았다. 대중음악이 자본주의 시장에서 중요 산업으로 한자리를 꿰차고 있는 이 사회에서 자신의 음악적 화두와 가치를 고집하며 중심도 아닌 변방에서 아등바등 발버둥 치고 있다는 건 어쩌면 매우 어리석고도 한심해 보이는 모습일지 모른다.

제주도로 내려오기 전까지는 민중음악 그룹 '꽃다지'에서 14년간 창작과 공연 활동을 했다. 지방에서 올라와 오디션을 통해 꽃다지에 들어갔고 이후 서울 생활 내내, 내 30대는 꽃다지 음악으로 채워졌다. 꽃다지는 나에게 있어 가능성이었지만 한계이기도 했다. 세상의 잣대가 아닌 내 삶에 있어 음악이 가져가야 할 가치와 방향을 끊임없이 고민하도록 했고 그것들을 음악을 통해 어떻게 풀지 질문하고 또 질문하며 나라는 사람의 형태를 비로소 만들어가는 가능성의 시간들이었다. 그러나 그 가능성으로 밀고 나아가야 할 미래는 잘 보이지 않았다.

음악적 한계에 대한 자기검열과 경제적 어려움은 두려움과 무기력함으로 이어졌고 이내 나는 길을 잃었다. 오랜 시간 겹겹의 벽을 두른 골방에 들어가 나오지 않았다. 곁에 있는 음악 동료들에게조차 문을 열지 않았다. 몇 년의 시간이 지났을까. 기어 나오듯이 그 방에서 빠져나온 나는 동료들에게 미안함과 기다려준 마음들에 고마움을 전했다.

누군가 내게 말했지 모든 게 너무 느린 것 같다

무수한 것들을 놓치며 답답하게 살아간다고
나 또한 그런 날 보며 끊임없이 자학을 했지
변할 줄 모르는 내 자신에 잔인하게 욕을 해댔지
무기력하게 시들어가는 절망 속에 지쳐만 가는
안쓰러운 나를 보았지 한 발짝도 내딛지 못하는
너무 멀리 찾아 헤맸나 다른 곳만을 바라보았나
내 속에 있는 무한한 에너지를 난 믿을 수가 없었나
나에게로 가는 길 나에게로 가는 길

　　－ 조성일 1집 《시동을 걸었어》 음반 수록곡 〈나에게로 가는 길〉

　혼자만의 그 방에서 빠져나오니 모든 것이 현실적으로 보였다. 두려움과 무기력함, 음악적 한계와 건강상의 문제, 경제적 어려움 등으로 이대로 음악 활동을 이어가기 어렵다는 생각에 이르렀다. 잠시가 아니라 영원히 접어야 할지도 모르겠다는 번잡한 생각들이 꽃다지 4집 녹음 작업을 진행하는 내내 나를 괴롭혔다. 동료들에게 표현할 수도 없었다. 너무 오랜만의 꽃다지 정규음반 작업이었고 그 시간만큼 축적해온 우리의 귀한 결과물이기도 해 동료들도 나도 애정과 기대가 컸다.

　결국 음반이 나왔던 그해 겨울, 생각의 매듭을 짓고 동료들에게 입을 열 수 있었다. 그러나 어쩌면 녹음 작업에 들어간 그해 봄부터 이미 생각을 정리해두었는지도 모르겠다. 한 곡 또 한 곡 녹음을 할 때마다 심장에 가사 하나하나가 바늘이 되어 꽂히는 기분이었다고나 할까. 그렇게 꽃다지 4집 《노래의 꿈》은 14년간 나름 애쓰고 발버둥 쳤던 나에게 꽃다지 음악인으로서의 마지막 음반이 되었다.

건강 회복과 경제적 어려움의 해결, 그 속에서 삶의 새로운 길을 찾겠다는 마음으로 가족과 함께 제주도로 삶의 터를 옮겼다. 그러나 음악과의 이별은 상상하지도 못했던 일인지라 단호히 돌아설 수 없었다. 또 음악이 아닌 다른 활동으로의 전환은 마흔의 내 나이에 두렵고도 막막한 일이었다. 이렇게 음악을 떠난다면 다시는 돌아올 수 없으리란 확신이 무섭게 나를 위협했다. 그 끝에 못쓰게 고장 나버린 내 삶이 던져져 있을 것만 같았다.

내 삶에 있어 생존과도 같았던 음악 내려놓기는 쉬운 일이 아니었다. 결국 나는 남은 인생 홀로서기 음악을 해보기로 선택했다. 황무지로 향하는 문을 연 것이었다. 내 숨통과도 같은, 나만이 던질 수 있는 음악을 만들어보자는 다소 무모해 보이는 운전면허증 하나를 들고 시동을 다시 걸었다.

오던 길을 계속 갈 것이냐 아니면 새로운 방향으로 도전에 나설 것이냐? 선택의 갈림길은 인생에 있어 나이 마흔쯤 되면 누구에게나 한 번쯤 급습해오는 일이 아닌가 싶다.

생활지를 바다 건너 제주도로 옮겨왔고 팀이 아닌 싱어송라이터로서 홀로 지탱해 나가야 할 고된 미래를 또 선택하고 말았다. 내 나이 마흔 살에 말이다.

내 지갑 속 묵혀 있던 운전면허증

십 년 만에 꺼내들고 길을 나섰네

지도를 펴고 길 찾아

조금씩 앞으로 가려져 있던 세상을 만나러 가는 길

익숙지 않은 길에서 어려울 수 있어

하지만 나는 기억해 나 떠나 온 곳을

짐짝처럼 내던져져 내 몸과 맘은 부셔졌지

무얼 향해 걷고 있는지 지친 나의 하루는

시동을 걸었어 나만의 길을 찾아

또 다른 시작을 위해 보잘것없어 보여도

시동을 걸었어 나만의 길을 찾아

또 다른 시작을 위해 보잘것없어 보여도

– 조성일 1집 《시동을 걸었어》 음반 타이틀곡 〈시동을 걸었어〉

감귤밭 창고를 빌려 새로운 노래를 만들고 혼자 풀어낼 음악들을 연습했다. 누구도 찾아오지 않는 그곳에서 조급함을 평온케 하고 고독함을 다독거리며 준비하고 기다렸다. 내가 할 수 있는 최선이자 유일한 것이었다. 그러나 그것만으로 나의 음악적 홀로서기는 불가능했을 것이다. 꽃다지 동료들의 애정과 응원이 있어 홀로서기가 가능했다. 꽃다지 동료들의 도움으로 제주도와 서울을 오가는 음반 녹음 작업이 수월해졌고 음반 발매 콘서트의 기회도 가졌다.

지난 시간을 돌아볼 때마다 나는 참 사람과 사람을 잇는 일에 성찰이 부족했고 마음 나누는 일에 미숙했으며 감사함을 표현하는 일에서툴렀다. 제주도에 내려와 감귤 창고에 작업실을 두고 지내면서 나 자신과의 화해의 시간을 지루하게 가져갔다. 때론 거칠게 때론 토닥거리며 먼저 끊어져 있던 나 자신과 잇는 작업을 진행해갔다.

그러자 사람들이 보이기 시작했다. 경직되어 있고 기계적이었던 지난날의 내 음악들이 보였다. 싱어송라이터로서 사람들에게 나만이 전달할 수 있는 음악을 만들기 위한 시작은 바로 방치되어 있던 나 자신과 나를 잇는 일에서부터 시작된다는 걸 알았다.

그렇게 나는 한 걸음 더 사람들에게 나올 수 있었고 사람들과 만날 수 있었다. 그리고 지금은 만나러 가고 있다.

언제부터일까 길을 잃은 그림자 하나

버스정류장을 서성이며 오지 않는 버스를 기다렸네

오늘도 알 수 없는 버스는 이해할 수 없는 세상으로

나를 데리고 가네 그곳은 사람이 살 수가 없는 곳

그때 나는 비로소 바다를 생각했네

내 마음 깊은 곳에서 기억하는 그 푸른 바다를

나는 덜컹거리며 흔들리며 나의 바다로 가는 버스를 타고

그 어디에선가 날 기다리는 나의 푸른 바다를 찾아서 가네

저 거친 언덕을 넘고 비바람 불어온대도

나는 노래하며 춤을 추며 그 푸른 바다로 가네

나는 덜컹거리며 흔들리며 나의 바다로 가는 버스를 타고

그 어디에선가 날 기다리는 나의 푸른 바다를 찾아서 가네

수만 가지 책들이 벽을 타고 천장과 맞닿아 있는 공간, 제주도 삼달
리 삼달다방에서 노래를 부르고 있었다. 조성일밴드와 함께하는 공감
콘서트 '사람을 잇는 노래' 행사가 있는 날이었다. 삼달다방 터에 이
음동 공간이 새로 문을 열었다. 삼달다방은 시작부터 장애인과 비장
애인이 차별 없이 여행할 수 있는 공간으로 쓰이기를 바라고 만든 곳
이었다. 그 가치를 함축적으로 보여주는 공간이 어쩌면 이음동이라
할 수 있었다. 최대한 장애인의 편의에 맞춰 제작된 숙소 공간이었다.

나는 이음동의 개관과 삼달다방의 가치에 응원을 보내고 싶었다.
삼달다방 지킴이 이상엽 형님은 어느 날 불쑥 나를 찾아와 주었고 그
이후 서로 많은 이야기를 나누었다. 신기하게 닮은 얼굴과 닮은 목소
리 톤처럼 서로 편했고 편한 만큼 속내를 차분히 털어놓는 관계가 되
었다.

나의 음악은 무엇을 말하고 싶은 걸까, 무엇을 말해야 할까

나에게 있어 음악이란 세상과 사람에게 그리고 나 자신에게 무엇을
말하고 싶은가의 다른 말이다. 나는 꽃다지 동료를 통해 사람과 사람
이 어떻게 이어져야 하는지 배웠다. 열세 살 나의 아들은 과거와 현
재, 현재와 미래가 어떻게 이어져야 할지 고민하게 해주었다. 제주도
의 시간은 나와 나 자신을 화해시키며 다시 이어질 기회를 주었다. 내

방 안에서만 머물지 않고 문을 열고 나와 사람을 만나며 서로를 잇는 일이 얼마나 소중하고 아름다운지 또 알게 했다. 그것이 그 속에서 어떤 변화를 만드는지도 볼 수 있었다.

삼달다방은 사람과 사람을 잇고 사람과 공간을 잇고 나와 나를 잇는 가치가 어떻게 변화를 불러오는지 보여준다. 어쩌면 내 음악 화두인 무엇을 말하고 싶은가라는 질문에 대한 답이 삼달다방과 닮아 있는지도 모르겠다. 삼달다방 지킴이와 내 모습이 닮았듯 어쩌면 삼달다방이란 공간과 내 음악도 어딘가 닮아 있는 건 아닌지 모르겠다.

제주도에 내려온 지 열두 해를 맞으면서 '무엇을 말하고 싶은가'라는 내 음악의 방향성을 묻는 질문에 조금은 대답할 수 있게 되었다.

"사람을 잇는 노래, 사람과 사람을 잇고 사람과 노동을 잇고 사람과 생명을 잇고 나와 나를 잇는 노래."

잡히지 않는 막연한 노래가 아닌 구체적인 변화를 이야기하는 노래이고 싶다. 닮은 듯 다른 결로 실천의 가치를 풀어가는 삼달다방의 모습은 어쩌면 한 발 먼저 내딛고 가는 고마운 발자국이다. 오래도록 곁에서 함께하며 내 음악도 그런 모습으로 살아내지기를 바라본다.

2022년 그동안의 걸음을 정리한 새 앨범이 나왔다. 아직도 나의 음악과 활동을 신뢰해주고 응원해주는 이들의 참여 속에 정규앨범 2집 사람을 잇는 노래 《TIME》을 제작할 수 있었다. 삼달다방의 응원 또한 큰 힘이 되었다.

한두 번 걷던 길도 아닌데 처음 느껴본 바람도 아닌데

별빛 아래 부는 바람에 눈을 감으면 나도 모를 눈물이 흘렸지

내 나이는 들어가고 지혜는 길을 잃어 또 변명만을 늘어놓았지

반복된 실수와 반복된 절망 속에 내 인생은 무엇을 깨달은 걸까

미련한 인생아 술에 취한 듯 멈추질 못했어

고약한 인생아 약에 취한 듯 벗어나질 못했네

실패와 좌절 속에 후회와 절망 속에

휘둘려 살아온 인생 한 번 크게 울고 웃고

고래 한 마리 푸른 바다를 유영하듯

깊은 밤 내 눈물은 기쁨의 노래가 되어

별빛 아래 이름도 없이 부는 바람 속에서

불어오는 바람 속에 다시 또 나는

걷는다

걷는다

− 2022년 조성일 정규음반 2집《TIME》타이틀곡 〈나는 걷는다〉

박정경

2022년 개봉한 〈니얼굴〉 영화의 제주도 첫 상영회를 삼달다방
에서 했다. 발달장애인 부모들과 지역 주민, 주간보호센터 이용
자 등 다양한 사람들이 모여 함께 영화를 보았다. 이 글은 제주
도에서 발달장애인 자녀를 키우는 박정경 작가가 영화 상영회
에 참여했던 소감을 정리한 기록이다.

〈니얼굴〉 상영회를 다녀와서

2022년 6월 23일, 발달장애인 예술가 정은혜 작가가 그림을 그리기 시작하고, 양평 문호리 리버마켓에서 사람 얼굴을 그려주며 성장한 이야기를 담은 다큐멘터리 영화 〈니얼굴〉(서동일 감독, 장차현실 기획, 정은혜 출연)이 개봉했다. 여기에 삼달다방의 역할도 빠질 수 없다.

정은혜 작가는 2021년 드라마에도 출현했는데, 바로 2022년 방영되어 전국을 들썩이게 했던 〈우리들의 블루스〉(노희경 작)이다.

나는 2021년 삼달다방에 들렀다가 드라마 촬영차 머물던 정은혜 작가와 어머니인 장차현실 작가를 만났다. 그때는 드라마 제목도, 정은혜 작가 이외에 누가 출연하는지도 몰랐다. 단지 발달장애인이 직접 배우로 출연한다는 소식에 놀라고, 신기해했다.

정은혜 작가는 드라마 촬영 기간 내내 삼달다방에 머물렀다. 쉬는 날에는 뜨개질을 하고 삼달다방에 머무는 사람과 이야기도 하며 지냈다. 내가 갔을 때는 〈우리들의 블루스〉에서 동생 영옥 역으로 분한 한지민 씨에게 줄 목도리를 뜨는 중이라고 했다. 내심 부러운 눈으로 바라보며 평소 모습과 드라마에 나오는 모습은 어떻게 다를까 굉장히 기대되었다. 무심은 정은혜 작가와 대본 연습을 같이하며 촬영 기간에 잘 지낼 수 있도록 지원했다고 한다.

2022년, 드디어 드라마가 방영되었고, 그 파장은 대단했다. 정은혜 작가의 그림도 소개되었고, 장애인 가족의 삶이 현실감 있게 그려졌다. 우리나라를 대표하는 배우가 대거 출연하는 드라마에 발달장애인 당사자가 직접 출연했다는 사실은 모두를 놀랍고도 감동하게 만들었다. 나 역시 그 드라마를 정은혜 작가가 내 동생인 것처럼, 때로는 엄마인 것처럼 마음 졸이며 보았다. 이후, 나는 정은혜 작가의 작품세계에도 관심을 가졌는데, 그즈음 정은혜 작가의 일상을 그린 다큐멘터리 영화 〈니얼굴〉이 개봉되었다. 보고 싶은 마음이 간절하여 상영 날짜만 기다렸지만, 아쉽게도 제주도에는 상영관이 없었다.

크게 실망하여 언제쯤 영화를 볼 수 있을까 생각만 하던 차에 어느 날 반가운 소식이 들려왔다. 삼달다방에서 발달장애인 부모를 대상으로 〈니얼굴〉 상영회와 GV(Guest Visit. 영화 관계자와 관객과의 대화)를 계획 중이란 것이었다. 너무 좋아 내가 활동하는 제주도 발달장애인 부모 모임 '제주아이 특별한아이', '별난고양이꿈밭' 등에 소식을 알리며 함께할 이들을 모았다. 삼달다방 영화 상영회 홍보를 위한 포스터를 직접 디자인하고, 삼달다방 공식 페이스북에 올리자 상영회

참여자 모집이 하루 만에 마감되었다. 삼달다방의 조용하고도 강인한 힘 덕분이다.

드디어 2022년 7월 8일 상영회

지인들과 도란도란 떠들며 영화 상영회에 도착했다. 삼달다방 문화동은 1층과 2층 모두 발 디딜 틈 없이 사람들로 꽉 채워졌다. 장애인도 많았다. 휠체어를 이용하는 분들이 맨 앞에 자리했고, 발달장애인 자녀와 함께 온 부모, 사회복지사, 주간보호센터에서 온 단체 관람객 등 〈니얼굴〉을 보고 싶어 하는 사람이 삼달다방을 빌어 모두 한자리에 모였다.

기존의 영화에 화면을 설명해주는 음성 해설과 화자 및 대사, 음악, 소리 정보를 알려주는 배리어프리 자막을 넣어 모든 사람이 함께 즐기도록 만든 버전으로 상영되었다. 수어로 설명하는 분이 화면 한편에 자리하고, 시각장애인과 발달장애인을 위한 내레이션, 자막 등이 들어간 것이다. 나는 온전히 영화 속으로 푹 빠져들고 싶어 사전에 영화 정보를 최대한 보지 않았다. 역시 잔잔하게 정은혜 작가의 일상을 그려낸 것에 감동받았다.

영화에는 정은혜 작가가 문호리 리버마켓에서 한 장에 5,000원을 받고 그림을 그린 날부터 시작하여 4,000장을 그려내기까지의 여정이 차곡차곡 담겨 있었다. 정은혜 작가는 영웅이 아니었고, 천재도, 장애인도 아니었다. 그냥 그림 그리기를 좋아하는 사람, 누군가의 딸, 고

뇌하는 예술가, 정은혜 그 자체였다. 정은혜 작가의 '성공'은 재능이 출중해서도, 장차현실 작가의 딸이어서도 아니었다. 그리고 싶어 그림을 그리기 시작한 보통의 한 사람이 아주 치열한 노력 끝에 당연한 결과로 이 세상에서 유일한 예술가가 된 것이다. 이런 영화를 삼달다방에서 좋은 사람과 함께 보니 더 의미 있었다.

영화가 끝나고 GV 시간이 되었다. 무심이 사회를 보았는데, 아쉽게도 직접 감독과 배우들을 만날 수는 없었다. GV에 참석하기로 한 서동일 감독, 장차현실 작가, 정은혜 작가는 그 시각 우도에 머물고 있었다. 장차현실 작가님이 코로나19에 확진된 것이다. 서동일 감독과 정은혜 작가도 코로나19 검사를 하고 결과를 기다리는 중이어서 온라인으로 GV를 진행했다. 화면 너머의 만남이었지만 분위기는 진지했다. 〈우리들의 블루스〉에 출연했던 제주도에 사는 배우도 상영회에 참석해 궁금한 것을 물었다. 그분은 자녀가 발달장애인이었는데 자녀와 발달장애인의 삶에 대해 이야기하자 문화동 안에는 뜨거운 눈물이 오갔다. 사람들은 서로 공감하며 화면 너머 정은혜 작가와 눈빛을 교환했다.

'고생했어! 함께해줘서 고마워! 늘 응원할게! 사랑해! 앞으로도 계속 만나자!'

말로 전하지 않아도 상영장 안을 가득 채운 공기는 그렇게 서로를 넘나들며 이어주었다. 삼달다방은 그런 곳이다. 사람들이 모여서 즐거운 일을 함께할 수 있는 곳. 이번 삼달다방의 〈니얼굴〉 상영회로 제주도에서 상영되지 않던 영화를 보고, 육지와 연결되었다. 문화동은

이렇게 때로는 극장이 되고, 콘서트장이 되기도 한다. 장애인이나 비장애인이나 누구나 와서 문화를 향유하고 함께할 수 있다.

2022년 10월의 어느 날, 제주시 극장에서 〈니얼굴〉을 한 번 더 볼 기회가 생겼다. 제주특별자치도 발달장애인지원센터에서 제주도민을 위해 진행한 무료 상영회였다. 그때도 GV가 진행되었는데, 역시 무심이 사회를 보았다. 사람들의 궁금증이 담긴 질문이 오가며, 또다시 감동의 여운이 이어졌다. 나는 서동일 감독이 발달장애인 예술에 대하여 이야기한 것이 기억에 남는다.

발달장애인의 예술은 한 사람에게 집중되어 성공한 사람만이 왕성하게 활동을 하는 것이 아니라, 발달장애인이 좋아하는 활동을 직업으로도 인정받아 지역사회 내에서 사람들과 관계를 맺으며 어울려 살게 해야 합니다. 또 사람에게 필요한 것은 '관계를 이어가는 것'입니다. 발달장애인도 마찬가지입니다. 발달장애인이 어딘가에 고립되지 않고 밖으로 나와서 사람들과 어울리며 살아갈 수 있는 사회가 되기를 바랍니다.

영화 GV가 끝나고 나니 정은혜 작가 일행은 많이 지쳐 보였다. 사실 이들은 전날 광주에서 일정이 있었는데, 제주도로 직접 오는 항공편이 없어서 아침 일찍 서울 김포로 갔다가 다시 제주도행 비행기를 타고 왔다고 한다. 낮에는 발달장애인 부모 모임인 '제주아이 특별한아이'에서 진행한 '발달장애인의 일상에서 예술까지' 강연에 참석하고 저녁에는 제주특별자치도 발달장애인지원센터에서 주최한 〈니얼굴〉 영화 상영회와 GV에 참석한 것이다. 그 과정을 아는 나는 정은혜 작가 일행의 피곤함이 느껴졌다. 실제로 장차현실 작가는 눈 건강이 안 좋아 강의하는 중간 조금씩 쉬어가며 강의를 이어가기도 했다.

　일행은 마지막 일정인 영화 상영회를 마치고 삼달다방으로 향했다. '발달장애인의 일상에서 예술까지' 강연회 주최자였던 나는 강연장에 도착했을 때부터 영화 상영회까지 정은혜 작가의 일행이 내내 일정이 너무 많아 바쁘고 지쳐 보여 건강이 염려되기도 했는데, 삼달다방에서 잠시나마 푹 쉬기를 바란다. 아마도 그런 지친 마음을 안아주려 삼달다방은 벌써부터 준비하고 기다리고 있지 않았을까?

이해와
존중의 마음

4장

이음동

공간 이야기 3_**이음동**

이음장애인자립생활센터의 이름이기도 한 이음동은 장애인도 제주도에서 편히 머물 수 있어야 한다는 장애인권 활동가 이규식 대표의 제안으로 만들어진 공간이다. 그러나 이음동은 장애인은 물론 비장애인 누구라도 진정으로 편히 머물 수 있다. 혼자의 시간을 오롯이 고요하게 즐기거나 또 낯설지만 다정한 이들과 함께하는 유쾌한 시간도 선택할 수 있는, '따로 또 같이'의 공간이다.

　이음동은 독립된 2개의 공간이 모두 배리어프리 존으로 디자인되어 휠체어를 탄 사람도 불편 없이 사용할 수 있다. 건축 당시 휠체어 사용자가 직접 와서 높이부터 회전 공간 확보 등을 직접 확인해 지었다. 우림건설에서 20년 넘게 일했던 무심의 경험과 살아 있는 장애감수성이 만들어낸 결과다.

성중립화장실 – 모두의 화장실

삼달다방에는 특별한 화장실이 있다. 남자, 여자, 성정체성, 장애·비장애 상관없이 누구나 사용할 수 있는 말 그대로 모두의 화장실이다. 이곳은 장애인 여행으로 방문했던 장애인 당사자들의 의견을 반영해 만들어졌다. 안에서 휠체어가 돌 수 있어야 하기에 휠체어 이용 장애자들에게는 더 넓은 공간이 필요하다. 이런 사실은 직접 사용자의 입장이 되지 않고서는 모른다. 이렇게 세심하게 신경 쓴 덕분에 화장실 사용자들의 만족도가 높다. 성중립화장실은 각 건물마다 하나씩 있고 남녀를 구분하지 않는다.

통합그네

이음동과 문화동 사이에는 그네가 하나 있다. 보통 그네와 달리 철판으로 만들어졌는데, 가장 큰 특징은 휠체어를 타고 탑승이 가능하다는 것이다. 휠체어를 이용하는 사람을 위해 만들어졌지만, 누구나 탈 수 있기에 휠체어그네가 아니라 '통합그네'라고 부른다. 휠체어를 사용하는 장애인 중에는 그네를 한 번도 타보지 않은 사람이 많다. 삼달다방에 와서 처음 타보고 어마어마한 희열을 느낀다고 한다. 누구나 함께 즐길 수 있는 특별한 즐거움을 만드는 삼달다방이다.

눈높이를 맞춘 바비큐장

서울 재활병원 청년들이 제주도를 한 달 동안 여행하며 삼달다방에 들렀다. 그때 그들에게 제일 하고 싶은 것이 무엇인지 물었는데, 대답이 의외였다. 누가 해주는 것이 아니라 직접 고기를 굽고 싶다는 것. 무심은 휠체어를 타고 고기를 구울 수 있도록 지금의 바비큐 공간을 제작했다. 그렇게 해놓고 보니, 비장애인은 또 앉아서 고기를 구울 수 있어 편해했다. 이렇게 조금만 생각을 다르게 하면 장애인·비장애인 모두 만족스러울 수 있다. 가장 중요한 것은 당사자의 이야기를 들어보는 것이다. 삼달다방에는 이런 평범하지 않은 시각과 새로운 시도들이 곳곳에 자연스럽게 담겨 있다.

삶을 이어주는 길 - 이동로

인간에게 이동권은 생존권과 다름없다. 특히 휠체어를 사용하는 장애인에게 이동권이란 삶을 이어갈 수 있는 가장 중요한 기본 권리이기도 하다.

삼달다방의 이동로는 휠체어로도 이동할 수 있도록 설계되었다. 이동로는 건물이 지어진 다음에 구조적으로 변경시키려면 효율성이 떨어지고 어려움이 많다. 따라서 설계 단계부터 반영하는 것이 중요하다.

처음에는 이동로에 친환경 야자매트를 깔았다. 그런데 수동휠체어를 탄 사람들이 이동하기에는 불편했다. 그래서 지금처럼 판석이 깔린 이동로로 보완했다. 이렇게 삼달의 이동로는 세상에 있는 다양한 사람들, 또 다양한 장애를 가진 사람들이 편하게 오갈 수 있도록 하기 위해 오늘도 진화 중이다.

건강한 사회는 집을 지을 때부터 누구나 일상적 삶이 가능하도록 설계한다. 그래서 장애인 친화적이고 배리어프리한 공간이 중요하다. 제주도가 장애인도 비장애인도 여행하기 쉬운 관광지가 되려면 앞으로 누구나 아주 당연하게 배리어프리 건축 문화를 권장할 수 있도록 사회 정책적인 고려와 지원이 있어야 할 것이다. 제주도가 세계에서 유일하게 장벽 없는 여행지가 되기를 바란다.

삼달다방은 배리어프리 여행지의 선두에 있다. 누구나 함께할 수 있는 통합공간으로 장애인·비장애인이 함께 머물 수 있다. 이러니 이곳을 한 번 찾은 사람들은 또 오는 것이 아닐까? 그것이 삼달다방의 조용한 힘이다.

이상엽

삼달지기 무심이 장애인과 돕는 사람들의 한달살이 공간 이음동 건축의 시작에 대해 적었다.

이음 여행, 이음동 건축 이야기

작은 콘서트, 영화 상영회, 북토크 등 다양한 문화행사를 진행하는 문화동과 방 4개에 부엌 하나짜리 아늑한 무지개동이 만들어지고 얼마 후인 2017년의 일이다. 제주도로 떠나는 사람 여행, 가을, 제주도를 좋아하는 친구 이규식이 삼달다방을 찾았다. 탈시설한 중증장애인인 그는 장애인의 권리와 인권 향상에 투신해왔다. 나는 늘 진정성 있는 이규식의 삶을 좋아했다.

그런 그가 대뜸 계좌번호를 불러달라고 했다. 며칠 후 청약통장을 해지했다며 귀하게 모은 돈을 삼달다방 계좌로 송금했다. 자신과 같은 사람이 제주도에서 좀 길게 머물 수 있는 공간을 만들어달라는 것이었다. 너무도 귀한 돈이란 생각과 함께, 이규식의 진한 소망을 발견했다. 그 후에도 장애를 가진 또 다른 이들의 비슷한 요청이 이어졌다.

사실, 잠시 고민했다. 삼달다방은 퇴직금과 살던 집을 판 돈으로 이제 막 지은 공간이었다. 곧바로 새로운 공간을 준비하기에는 경제적으로 버거웠다. 하지만 이내 머리를 털고 결정했다. 장애를 가진 사람이 편안히 한 달 정도 장기 휴식할 공간이 제주도에는 거의 없었다.

'장애인과 비장애인 공익 활동가가 긴 시간 충전할 수 있는 공간을 다시 만들어보자.'

일단 대출의 힘을 빌려 공사를 시작했다. 인건비를 줄여보고자 직접 노동을 하고, 자재를 실어 나르고, 마을 친구의 도움을 받고, 매일 밥을 지어 따뜻한 점심을 나누며 집을 지었다.

마음속으로는 '사람의 집을 지어보자'고 자주 생각했다. 경제적 문제에 대한 걱정도 있었지만 삼달다방에 장애인과 공익적 삶을 실천하는 이들을 위한 사회적 한달살기 집을 짓고 싶었다. 사람의 공간을 만들고 싶었다. 장애인·비장애인 모두가 제주도에서 긴 시간 자연을 느끼고, 문화적으로 충전할 수 있는 공간을 여러 사람의 참여로 만들고 싶었다. 삼달다방의 노랑버스를 구입할 때 도움을 요청한 게 얼마 전이라 마음이 계속 불편했지만, 그럼에도 용기를 내어 삼달다방의 이음동 건축기금 모금을 청했다.

'이음'은 처음 이 고민을 시작하게 해준 이규식이 직접 지은 이름이다. 직접 현판을 서각해서 선물하기도 했다. 나와 마을 친구의 고된 노동 끝에, 2019년 봄날이 갈 무렵 삼달다방 이음동이 완공되었다. 또 다른 사람 여행의 공간을 짓던 때 사람들이 내밀어준 손을 잊을 수 없다. 그 손에 손을 포갰던 순간들이 내게는 잊기 어려운 감동과 행복의

시간이다.

모금에 참여한 사람에게는 저마다 사연이 있었다. 일본군 위안부 문제를 세상에 알린 김복동 할머니 기금, 여행을 가려고 함께 돈을 모으던 친구가 죽은 뒤 그 돈을 보내온 후배, 적은 월급을 나누어 준 장애인권 활동가, 제주도 여행에 대한 바람을 담은 장애인 후원자의 돈, 빈곤에 저항하는 현장 활동가들, 30년 넘는 인연과 신뢰를 내게 보내 준 선후배, 다방을 찾고 애정을 쏟아준 사람들…. 한 사람 한 사람 소중하지 않은 이들이 없고 가슴에 새기지 않은 사람이 없다. 그들의 소중한 마음이 참 고마웠고, 지금까지도 무겁게 느끼고 있다. 모두의 마음을 잘 잇고 기억하고 싶다.

영은 상우 신혼여행

이음동을 완성하고 맞은 첫 손님은 신혼여행을 온 최영은, 이상우 부부다. 둘은 우리나라 최대의 장애인 수용시설 '꽃동네'에서 탈시설했다. 최영은은 다섯 살 때 시설에 들어가 꼬박 20년을, 이상우는 네 살에 들어가 30년을 지냈다. 사춘기를 지나 성인이 되어도 시설에서 체념한 채 살아왔다. 그러다 2015년, 시설 밖으로 나와 온전히 세상을 마주했다.

최영은과 이상우는 꽃동네에서 상당한 시간을 함께 살고, 비슷한 시기에 탈시설했지만 그 안에서는 만나보지도 못한 사이였다. 너무나 넓은 부지, 너무나 많은 사람이 수용되어 있는 곳, 일상이 허락되지 않는 곳에서 둘은 그저 많은 '원생 중 1명'으로 하루를 보냈다. 누군가의 도움을 기약 없이 기다려야 했던 시설에서의 수십 년을 지나, 지역사회로 나와 개별 서비스를 받으며 살아가는 삶에는 많은 변화가 생겼다.

자립 후 두 사람은 노들장애인자립생활센터 권익옹호 활동가로 기자회견과 집회 현장을 누볐다. 아래는 기자회견 또는 집회 등에서 두 사람이 발언한 내용을 장애와인권발바닥행동 활동가 조아라가 모은 글이다.

'나'는 나왔지만, 여전히 시설에 3만 2,000명가량의 사람이 살고 있다는 사실이 내내 가슴을 짓누르고 있기 때문입니다. 나와서 살아보니 지역사회의 장애인 정책이, 한없이 부족한 국가 정책이 '나'를, 더 많은 사람을 시설로 보내왔음을 알아버렸습니다. 이곳에서 함께 살고자 하는 나를 배려하지 않는 거리의 턱, 계단에 숨이 턱 막혀버린 경험이 '살아남아야겠다'는 마음에 불을 지폈습니다. 내가 지역사회로 나오기까지, 활동지원제도라는 개별 서비스를 이용하기까지, 탈시설 장애인이 머물 수 있는 주택이 마련되기까지 수많은 장애인의 뜨거운 투쟁이 있었음을 깨달았습니다. 중증장애인이 지금 여기에서 살아가는 건, 존재의 투쟁입니다. 사회에서의 동정과 시혜의 대상인 장애인이 아니라, 나라의 곳간을 터는 수급 수혜자가 아니라, '나' 최영은, 이상우라는 존재로 살아가고자 합니다.

우리는 결혼으로 말하고 싶은 게 있습니다. 일상을 살고, 인생을 꾸려가는 데 있어 '장애 유무로 욕구가 달라지지 않는다'고, 지금 시설 밖으로 나오

기를 망설이는 사람들에게 '우리와 함께 살자'고, '우리, 당신과 이곳에서 함께 살고 있다'고 꼭 말하고 싶습니다.(이상우)

노들 활동은 좀 힘들어요. 더운 날씨에도 툭하면 (집회) 나오라고 하고(웃음). 그래도 나는 집회에 나가야 한다고 여겨요. 정부는 국민들과 대화하고 의논해야 해요. 장애인 문제에 관해서는 정부가 특히 만나려고도 하지 않잖아요. 이럴 때 나는 생각하는 게 있어요. 사람이 제대로 산다는 것이 무엇인지, 그러기 위해서는 나는 무엇을 해야 할지 등을 생각해요. 그러면 답이 나와요. 투쟁에 나가야죠. 나는, 최영은은 사람답게 살고 싶은 인간일 뿐입니다.(최영은)

나는 사람답게 살고자 하는 최영, 이상우 부부를 응원하고 싶었다. 그들의 인생 여행, 어쩌면 그들의 삶에서 가장 소중할 시간을 함께하고 싶었다. 오랜 시간 장애인 인권 투쟁 현장을 지킨 아내, 그리고 후배 몇 명과 함께 신방을 꾸몄다.

유채와 벚꽃 사이를 누비며 제주도의 아름다운 자연과 두 사람이 고른 여행지로 신혼여행의 추억을 만들었다. 신혼여행 마지막 날 두 사람이 결혼 선물로 받은 찔레꽃 두 그루를 다방 초입에 심었다. 찔레꽃이 필 무렵 다시 오라는 의미였다. 어쩌면 나는 더 많은 장애를 가진 영은과 상우들이 삼달에, 제주도에 오기를 바랐는지도 모르겠다.

흔히 삶은 여행이라고 말한다. 그리고 사람에게는 누구나 이동할 권리가 있다. 여행은 자유로워야 하고 누구에게나 사람을 만나는 여행이 가능해야 한다. 일상이 지치고 힘들면 충전하기 위한 여행을 할 수 있어야 한다.

나는 제주도가 장애 유무를 떠나 사람의 역사가 가득한, 사람을 만나는 여행을 할 수 있는 섬이 되기를 희망한다. 현재 살아 숨 쉬는 4·3의 아픈 기억도, 난개발에 신음하는 오늘의 제주도도 있는 그대로 만나기를 바란다. 또 제주도의 거센 바람과 드높은 하늘과 밭담 등 천혜의 아름다운 자연도 만나고, 다방 인근에서 사진가 김영갑의 예술혼과 변시지의 '폭풍의 바다' 그림까지, 문화 감성도 언제나 만날 수 있는 섬이 되면 좋겠다. 정주하며 사색하고 사람의 삶을 만나는 슬로 투어가 제주도 여행의 미래가 되기를 바란다.

삼달다방은 천천히 사람 여행의 길을 갈 것이다. 장애인·비장애인을 비롯해 인권, 환경, 아동, 사회복지 등 다양한 분야의 공익 활동가들에게 쉼과 충전의 시간을 만들어주고 싶다. 좋은 사람이 머무는 사람 여행의 의미 있는 공간을 만들어가고 싶다. 그것이 한 사람의 안위를 떠나 이 사회를 더 건강하게 한다고 믿는다.

끝으로 사람 여행의 길에 동행해준 벗들에게 다시 한 번 고마운 마음을 전한다. 모두가 평등해지는 공정한 사람 여행을 하고 싶다. 함께 사람 여행을 떠나주기 바란다.

조민제

대구대학교 특수교육학과를 졸업하고 대구시립희망원대책위 공동집행위원장을 거쳐 장애인교육지원법(현 특수교육법) 제정 투쟁, 장애인 활동지원서비스 제도화에 앞장섰다. 대구장애인 차별철폐연대를 만들고 사무국장을 지냈다. 현재는 장애인지역 공동체의 사무국장이자 부설기관인 질라라비야학의 교장으로 활동 중이다. 이 글은 전국장애인차별철폐연대 박명애 대표, 장애인차별금지추진연대 박김영희 대표, 활동지원사 이현숙, 조민제 사무국장이 삼달다방에서 함께한 제주도 여행기를 담고 있다. 삼달다방 건축기금 마련을 위해 〈오마이뉴스〉에 2019년 4월 8일 실었던 편지를 재정리했다.

무사히 할머니가 되고픈 언니들,
휠체어 타고 제주도 여행

안녕하세요, 저는 대구장애인지역공동체에서 활동하는 조민제입니다. 저와 장애인이 너무나 사랑하는 삼달다방 방장 이상엽 님이 제주도에서 장애인들이 한달살기를 할 수 있는 이음동을 건립하기 위해 모금을 한다는 소식을 듣고 기쁜 마음으로 편지를 성큼 띄웁니다.

장애인단체에서 일하는 저는 경험상 장애인과 함께 제주도를 가는 일은 '쉼'보다는 늘 '막막함'이 앞서 생각났습니다. 장애인은 비행기에 타기 위해 몸과 같은 휠체어를 분해하여 접어야 하고, 누군가의 등에 업혀 좌석에 앉아야 하고, 제주도에 도착해도 휠체어가 탑승할 차를 운 좋게 렌트할 수 있어야 하고, 편의시설을 갖춘 숙소를 찾아야 합니다. 이 모든 과정은 비장애인의 유럽 배낭여행보다 어려운 일이니까요.

그뿐만이 아닙니다. 휠체어를 탄 사람이 식당에서 마음 편히 밥을 먹고, 카페에서 바다를 바라보며 차 한 잔을 즐기는 일은 비장애인보다 몇 배 노력해야만 누릴 수 있는 '특별함'입니다. 여전히 우리 사회는 비장애인이 여행에서 겪는 보통을 장애인이 얻으려면 특별하게 애써야만 하는 게 현실이지요.

그런 제주도를 휠체어를 탄 장애인인권운동의 '큰언니' 두 분과 함께 가기로 했습니다. 우리는 3박 4일 동안 삼달다방을 통해 방장 상엽 님의 미소처럼 넉넉하고 포근하게 정말 별걱정 없이 진짜 '쉼'의 시간을 가졌습니다. 그 시간이 너무나 사랑스러웠고 각별했기에 여러분들에게 여행기를 짧게나마 말씀드리고자 합니다.

장애인의 여행은 여전히 힘든 일

때는 무더위를 넘어 기록적인 폭염으로 몸과 마음이 지칠 대로 지친 2018년 늦여름이었습니다.

"대표님, 우리 여행 한번 가까예? 우리 맨날 투쟁한다고 같이 놀러도 한번 못 갔다 아입니까? 이번에는 한번 가지요."

"진짜예? 그라믄 진짜 좋지예. 서울에 영희(장애인차별금지추진연대 대표)랑 현숙 쌤(장애인 활동지원사)이랑 같이 한번 가볼까예?"

박명애 대표님(전국장애인차별철폐연대)과 이 말 한마디를 나누는데 꽤나 오랜 시간이 걸렸던 것 같습니다. 박명애 대표님과 저는 2006년부터 대구에서 함께 일을 시작해 장애인활동보조제도화 투쟁, 이동

권 투쟁, 탈시설-자립생활 투쟁, 교육권 투쟁 등 장애인이 지역사회에서 '함께' 살아가기 위한 기반을 만들기 위해 늘 거리에서 투쟁해왔습니다.

장애인 차별이 가득한 사회를 바꾸고자 빡빡하게 살아온 삶에 우리는 꽤나 지쳐 있었고 마음 편히 '쉴 곳'이 정말로 필요하였습니다. 활동가는 사람이 사람답게 사는 세상을 이야기하고 싸우면서 정작 스스로를 되돌아보고 '쉼'을 주는 것에는 매우 각박하니까요.

여행이 결정된 후 우리는 마음 맞춰 마음껏 수다도 한바탕 떨고 좋은 사람을 만나고 풍경을 만끽할 공간을 고민하였습니다. 바다도 보고 싶었고, 사람들과 찬찬히 이야기도 나누고 싶었습니다. 그래서 우리는 제주도로 여행지를 정했습니다.

하지만 제주도 여행이 보편화된 요즘 세상에도 휠체어를 탄 장애여성 2명과 함께 여행하는 것은 참 힘든 일이었습니다. 여전히 휠체어가 탈 수 있는 차량을 구하기가 어렵고 장애인 화장실이 있는 숙소는 매우 드물었기 때문입니다. 고민을 거듭하던 차에 제주도의 삼달다방이 떠올랐습니다.

휠체어를 탄 사람들이 탈 수 있는 노랑버스

마침 삼달다방을 운영하는 상엽 님은 휠체어를 탄 사람들이 탈 수 있는 노랑버스까지 마련해두셨더군요. 장애를 지닌 사람도 편히 머물 공간을 만들고자 늘 고민하던 상엽 님은 집과 다방, 마당을 넘어 이동

수단까지 염두에 두셨고 덕분에 박명애 대표님, 박김영희 대표님, 활동지원사 이현숙 선생님과 저는 제주도 여행을 실행했습니다.

박명애 대표님과 저는 대구 공항에서, 박김영희 대표님과 이현숙 선생님은 김포 공항에서 각자 어렵게 비행기를 타고 제주도 공항으로 모였습니다. 10월 초 가을 햇살을 가득 머금은 제주도는 참으로 따스했습니다. 잠시 기다리는 사이 상엽 님에게서 전화가 왔습니다. 주차장으로 저희를 마중 나온 거죠. 휠체어가 탈 수 있는 노랑버스와 함께 말이죠.

노랑버스는 전동휠체어를 탄 장애인이 3명까지 탈 수 있게 봉고차를 개조한 차량입니다. 이 노랑버스 차체에는 삼달다방을 거쳐간 많은 사람의 손글씨가 있었고 아기자기한 그림도 보였습니다. 우리는 노랑버스를 탔고 우선 식당에 들르기로 했습니다. 상엽 님은 장애인이 갈 수 있는 식당을 이곳저곳 잘 알고 계셨습니다. 상엽 님의 추천대로 저희는 제주도 분들이 자주 들르는 해장국집에서 맛있는 점심을 먹고, 바닷가를 산책하였답니다.

무심한 듯 '여기 바닷가가 괜찮아요'라고 말하던 상엽 님이 추천한 산책로는 매우 세심하였습니다. 꽉 막힌 빌딩 숲에 둘러싸여 살아온 우리에게 탁 트인 바다 전망을 보며 느긋하게 산책할 수 있는 '휠체어가 다닐 수 있는' 산책로를 안내해주신 것입니다. 우리는 그곳에서 바다 내음과 바람을 실컷 느끼고 저희를 보러 내려온 상엽 님의 아내 옥순 님을 만났습니다.

제주도 곳곳의 숨겨진 역사, 아픔에 대해 상엽 님의 설명을 들으며

우리는 저녁을 먹으러 이동했고 역시 상엽 님이 추천한 절대 횟집이라고 생각되지 않는 식당에서 제철 회를 한껏 먹을 수 있었습니다. 돌이켜보니 상엽 님이 추천해 들른 식당은 늘 관광객이 아니라 제주도에 거주하는 사람이 부담되지 않는 가격에 편히 먹을 수 있는 곳이었습니다. 거기에다가 휠체어가 들어갈 수 있는 곳으로 말이죠. 오랜만에 만난 우리는 식당에서 서로의 안부를 묻고 함께한 추억을 회상하며 한껏 수다를 떨었습니다.

어둑한 밤이 되어 삼달다방에 도착하였습니다. 여행 첫날의 두근거림이 아쉬웠던 우리는 삼달다방에서 가볍게 맥주 한 캔을 하며 상엽, 옥순 부부가 추천한 찰리 채플린의 〈키드(The Kid)〉영화를 보았습니다. 삼달다방은 여러 문화공연과 강연 등의 행사를 진행하기도 해 대형 스크린과 음향시설이 매우 잘 갖춰져 있습니다. 우리는 영화를 보며 한껏 웃었고 그렇게 기분 좋게 여행 첫날을 마무리하였습니다.

자연경관을 훼손치 않으면서 이동할 수 있는 길

둘째 날, 우리는 노랑버스를 직접 몰고 제주도 중산간 지방을 지나 협재해변을 갔습니다. 제주도 날씨는 다행히도 우리가 잘 다닐 수 있도록 너무나 맑았습니다. 우리는 해변을 바라보고 제주도에 정착한 이주노동자 운동을 하던 활동가, 장애여성 운동을 하는 활동가들을 만나 그간의 이야기를 찬찬히 나눴습니다.

노랑버스가 있었기에 제법 먼 거리도 욕심을 내서 갈 수 있었고 만나고 싶은 사람을 만날 수 있었답니다.

저녁시간에는 상엽 님이 정성껏 차려주신 식사를 하고 보고 싶은 영화를 맥주를 먹으며 편히 봤습니다.

셋째 날, 저는 두 언니와 우도에 가고 싶었습니다. 배를 타야 들어갈 수 있는 섬이고 장애인 화장실, 장애인이 접근 가능한 식당 등 편의시설이 가장 안 되어 있는 곳이지만 함께 배를 타고 우도의 해안 바닷가를 느끼고 싶어 고심 끝에 들렀습니다.

노랑버스와 함께 우도로 향하는 배에 탔습니다. 배에서 우도를 보고 싶었지만 한국에서 선박 내 장애인 접근성은 여전히 매우 열악한 환경이라 차에 탑승한 채로 그대로 이동하였습니다.

이내 우도에 도착한 우리는 노랑버스는 잠시 세워두고 우도해변을 거닐었습니다. 저는 개인적으로 여행할 때 우도에 며칠씩 머무르기도 했는데 날씨가 화창한 날 우도를 거닐어본 기억은 그렇게 많지 않았습니다. 다행히도 그날 우도 날씨는 너무나도 화창하고 맑아 휠체어를 탄 언니들이 섬 속의 섬 우도를 한껏 산책하고 해변 그늘을 찾아 바다를 한참 바라보는 시간을 가졌습니다.

그렇게 반나절 정도를 우도에서 보낸 뒤, 여행의 마지막 밤을 즐겁게 보내고자 바비큐 재료를 구입하여 삼달다방으로 돌아왔습니다. 삼달다방 마당에서 장작을 지펴 바비큐 파티를 하며 한참을 웃고 떠들었습니다.

삼달다방은 마당에서도 역시 세심함을 느낄 수 있는데요. 휠체어가 편히 이동하면서도 자연과 어우러지도록 마당 길에 콘크리트가 아닌

야자수 줄기로 엮은 멍석을 깔아두신 거죠(2018년 당시). 자연경관을 훼손치 않으면서도 장애인이 이동할 수 있는 길을 만든 게 참으로 인상적이었습니다. 그 마당에서 우리는 따뜻한 모닥불을 곁에 두고 깊은 밤까지 정말 많은 대화를 나눴답니다.

차별 가득한 세상이지만 잠시 삼달다방에 머물며

시작이 있으면 끝이 항상 있지요. 아쉽지만 제주도에서의 시간은 너무나 성큼성큼 빨리 지나가 버렸습니다. 마지막 날, 우리는 삼달다방 방에서 점심때까지 충분한 휴식을 취한 후 노랑버스를 타고 다시 제주도 공항으로 이동하였습니다. 그곳에서 상엽 님과 두 언니는 포옹하며 작별을 나누었습니다. 다시 꼭 들르겠다고 말하며 아쉬운 마음을 전하기도 했습니다.

　정말 행복했던 기억은 돌이켜보면 그 순간이 그대로 눈앞에 펼쳐지기 마련이죠. 삼달다방은 저희에게 순간이 있는 그대로 살아나는 공간입니다. 장애가 있든 없든 기꺼이 그리고 넉넉하게 맞이하는 상엽 님이 지키고 있는 곳이기 때문이지요.

　여행이 끝나고 한참 뒤에도 우리는 가끔 채팅을 통해 삼달에서 함께 다시 머물 날을 만들자고 이야기를 나누고 있답니다. 삼달다방 여행이 단순히 지친 몸과 마음만 쉬게 하는 것이 아니라 공간과 사람을 통해 '회복'하기를 이루어내기 때문일 겁니다.

　그런 삼달다방의 상엽 님이 장애인이 좀 더 편하게 오랫동안 머물도록 '이음'동을 짓는다고 합니다. 저는 그 공간이 장애인에게 어떤 의미인지 알기에 조금이라도 보탬이 되고 싶습니다. 제가 정말 좋아하는 사람이 제주도라는 특별한 여행지에서, 아니 삼달에서 넉넉한 쉼을 보냈으면 좋겠습니다. 비장애인에게는 많이 알려진 제주도 한달 살기가 장애인에게는 여전히 꿈으로 그리는 일이기만 하니까요.

삼달다방 이음동에서 장애인이 아침에 내리쬐는 햇살을 느끼고, 삼달다방 앞 나무가 바람을 만나 새가 머무르며 내는 소리를 듣고 삼달의 여러 창문에서 풍경을 볼 수 있으면 합니다. 차별 가득한 세상이지만 잠시 삼달다방에 머물며 차별과 배제로 받은 상처를 회복하여 세상에 다시 나아갈 힘을 얻기를 간절히 바랍니다.

지석연

시소감각통합상담연구소 소장이며 (사)대한작업치료협회 서울
시회 회장으로 활동하고 있다. 2017년에 진행된 발달장애인의
제주도 여행 '효니 프로젝트'에서 발달장애인의 여행을 위한 '활
동분석'과 '감각친화적 여행' 관련 자문을 했다. 2017년 11월
에는 서울의 발달장애인 부모들의 기획으로 진행된 '효니 프로
젝트' 영화 상영회가 삼달다방에서 있었다. 이때 프로젝트의 주
인공 효니 씨, 장애인부모연대 지회장들과 함께 삼달다방에 방
문했다. 이 글은 그때의 이야기로 삼달다방 건축기금 마련을 위
해 〈오마이뉴스〉에 2019년 4월 29일 실었던 것을 재정리했다.

삼달다방에 기대하는
건강 커뮤니티, 공간-사람-활동-이음

공간: 제주도 삼달다방을 찾아가다

2017년 서울 발달장애인 부모의 기획으로 '효니 프로젝트'가 진행되었다. '발달장애인과 그 가족이 단 한 번이라도 맘 편히 비행기를 탈 수 없을까'라고 고민한 발달장애인 자녀를 둔 4명의 엄마가 시작하여, 187명의 발달장애인과 가족이 2박 3일간 가족 여행을 하는 프로젝트다. 시민, 자원 활동가, 서울시와 제주시, 아시아나 항공, 폭스바겐의 지원과 공감을 얻은 이 프로젝트는 언론에도 보도되었다.

나는 미약하지만 이 프로젝트를 위해 '활동분석'과 '감각친화적 여행' 자문을 했다. 또 제주도 지역과 장애, 여행이라는 주제라면 전진호, 이상엽 두 활동가가 떠올라 추천을 드렸다. 그때 기획자들은 입을 모아 말했다.

"다들 그분들을 추천하시더라구요."

역시, 추천한 사람이 나만은 아니었을 것이다.

삼달지기 이상엽과 부인 박옥순 활동가. 나는 이 둘을 참 좋아한다. 20여 년 전 장애우권익문제연구소를 통해 먼저 박옥순 간사를 알고 그 열정에 반했다. 연구소에서 어떤 행사를 진행하면서 상엽이 형과 호형호제(?)하게 되었는데 그때 '일 참 잘하는데 잘하는 티 안 내는구나' 하는 인상이 남았다.

이상엽 형을 추천한 이유 중 하나는 어려운 상황도 안전하게 해결할 것이라는 신뢰 때문이었다. 장애가 있는 사람이 평범하기 위해서는 비범한 지원이 필요하다. 예민한 감각의 소유자인 발달장애인의 감각을 무던하게 하려면 민감한 시간 조정과 환경 자극의 조절이 필요하다. 상엽 형의 네트워크나 일하는 능력에 믿음이 있지만 그래도 당시 상엽이 형은 신체 장애가 있는 사람을 더 잘 지원하고 집중하지 않을까 추측하기도 했다.

그해 11월, 삼달다방에서 '효니 프로젝트' 영화 상영회를 하면서 나는 처음 삼달다방을 찾아갔다. 상영회에는 프로젝트를 시작하는 계기가 된 효니 씨가 함께했고, 효니 씨를 도우면서 여행하는 작은 시도를 발달장애인과 가족이라는 큰 사회 프로젝트로 확장 기획하고 실행한 장애인 부모연대의 지회장님들도 동참했다.

직업인으로 일하면서 발달장애인을 만나온 나에게 삼달다방이라는 공간의 첫인상은 민감한 감각의 자극이 덜하도록 잘 조절된 장치들이 많아 상대적으로 감각이 예민한 발달장애인에게 친숙할 수 있는

'감각친화적' 공간이라는 인상으로 다가왔다.

각 건물 안팎의 색깔과 천장, 책상, 책꽂이, 턱의 높이가 적절했고 시선을 둘 수 있는 창의 각도가 다양했으며 전등도 간접조명이 많았다. 의자와 책상 종류는 여럿이었으나 자극이 많아 산만한 게 아니라 세심하고 민감하게 조정한 느낌이었다. 시각, 청각, 위치감각, 거리감각의 친화도와 안정감이 좋다고 평가하고 싶었다.

이날, 효니 씨는 공연과 토크쇼 이후 인사 시간에 마이크를 잡고 가요와 〈할아버지의 시계〉 동요를 불렀다. 효니 씨를 처음 만났을 때 형광등에 눈부셔 하며 고개를 숙이고 엄마와 떨어지기 힘들어했다. 그 효니 씨가 처음 보는 사람들과 영화와 노래 공연을 본 뒤 예상치 않게 노래까지 했다는 사실이 나에게 또 하나의 큰 놀라움과 깨달음을 주었다.

발달장애인들은 규칙적이고 균형 있는 일과와 놀이 참여가 꾸준하면 스트레스가 줄고 함께하는 사람들과 서로 더 너그럽고 존중하는 관계를 형성한다. 발달장애가 아닌 사람에게도 이 원칙은 공통된다. 생활이 고립되고 경험이 빈곤해지면 발달장애인의 감각이 더 예민해지고 감정 변화가 급격해져 서로에게 곤란한 행동을 하게 된다. 이 역시 발달장애가 아닌 사람에게도 공통된 원칙이다. 누구에게나 고립과 빈곤과 생활 경험 박탈은 건강이 나빠지게 한다.

사람: 삼달지기 이상엽을 좀 더 알다

오래전부터 보육원 아이를 돌보고 장애인권 활동을 꾸준히 이어왔던 이상엽. 그는 몇 년 전 희귀난치성 질환 진단을 받고 직장을 그만두었다. 그리고는 '내가 하고 싶은 일'을 하겠다며 제주도에서 장애인도 여행할 수 있는 곳, 인권 관련 활동가가 휴식하고 문화를 공유할 수 있는 삼달다방이라는 공간을 직접 지었다. 이 이야기나 개인의 생각은 tvN의 〈리틀빅히어로〉 2019년 4월 1일 방송을 통해 좀 더 자세히 알았다.

삼달다방과 방송을 통해 본 이상엽 삼달지기는 그냥 오래전부터 알고 지낸 좋은 형을 넘어 장애가 되는 요소를 하나하나 세세하게 없애거나 고려하는 공간 전문가, 여러 장애 유형의 사람이 다들 편안하도록 만드는 장애 전문가라고 할 만한 사람이었다.

첫 방문 이후에 직장 동료들과 함께 삼달다방으로 엠티를 갔다. 공간은 우리에게도 편안했고, 삼달지기와 만나는 시간은 든든했다. 직장 동료 중에는 뇌성마비와 자폐성장애를 가진 청년이 있다. 늘 엄마 같고 누나 같은 동료들과 자기를 오래 만나온 선생님들에게 둘러싸여 있어 그에게는 좋은 면도 있지만 사회적 관계 맺기에서는 긴장하거나 부담스러워하는 때도 있어 보였다.

그런데 삼달지기와는 첫 만남부터 금방 친숙해져 산책할 때 나란히 걸었고, 삼달지기가 있으니 오름도 오르고 내렸다. 동료나 오래 만나온 치료사가 권유해도 거절할 일들을 삼달지기와는 시도했다. 그리고 주고받는 대화의 양과 질이 아주 풍부했다. 질투가 날 만큼.

그 대화를 가만히 지켜보니, 삼달지기는 편견이 없고 그가 말하는 자동차 주제에 진심으로 대단하다고 무심하게 감탄하며 내용과 감정이 풍요로운 대화를 나눴다.

어라, 이상엽 형님은 여러 사람과 참 잘 소통하네?

사실, 장애가 있는 사람은 쉽게 고립되어 만남이 드물기에 장애를 잘 모르는 이와 대화하면 오해를 하는 경우도 있다. 그런데 삼달지기는 장애와 상관없이 사람을 있는 그대로 보면서 또 사람을 배우게 한다.

삼달지기가 편안한 것은 효니 씨나 내 직장 동료 청년만이 아니었고, 장애·비장애 여부와 관련이 없다. 삼달지기는 우리와도 배움을 나눈다. 나와 동료는 작업 치료사가 대다수다. 장애가 있는 사람의 일상생활 활동 참여를 담당하는 재활보건직종인이다.

건강한 삶에 직업의 목적을 둔다고 하지만 치료사는 장애가 있는 사람들과 직업적 관계로만 만날 가능성이 있는데, 삼달지기가 보여주는 다양한 실천과 삼달다방이 가진 공간 구성은 우리들의 감수성을 더 확장해주었다. 삼달다방에서 보낸 시간은 나와 동료에게 쉼과 배움을 누리게 해주었다.

활동: 장애-비장애, 아이-청년, 한국-일본의 만남

내가 일하는 곳에서는 발달에 어려움이 있거나 치료가 필요한 아이를 지원하기 위해 생활캠프를 진행해왔다. 함께 생활하면서 아이들은 활동 기술과 관계를 배운다. 같이 먹고 놀고 자고 살며 성장하고 존중하고 벌칙 아닌 규칙을 이해해간다. 며칠을 함께 지내면서 치료사나 교사도 시행착오를 겪고 배운다. 이 시간은 장애를 문제 삼아 집중하지 않고, 생활이 가능해지는 성장에 중점을 둔다.

20년쯤 전 나는 일본 오키나와에 있는 특별양호노인홈에서 1년간 해외 자원 활동을 했다. 매번 같은 말을 반복하는 장애가 있는 어르신들 덕에 오키나와 사투리를 먼저 배웠다. 그 어르신들도 한국인 활동자의 영향을 받으셨을 것이라 생각한다. 활동을 통해 서로 주고받는 영향이 일어난다. 그래서 청년기의 다양한 활동이 무척 중요하다는 생각으로 중장기 자원 활동이나 관련 워크캠프를 지원한다.

어느 해 우리는 일본의 NPO 법인 good!이라는 청년단체의 청년 워크캠프와 한일 협동으로 생활캠프를 진행했다. 다양한 발달 상태의 한국 아이들이 한국인 치료사나 교사만이 아니라, 일본 청년과도 함께했는데 자폐성 장애가 있는 아이가 일본어를 더 빨리 배웠고, 언어로 소통되지 않기에 더 다양한 방식으로 소통했다.

캠프파이어에서 일본 청년들은 한국 아이들을 위해 몸짓을 더 많이 하면서 동화 '커다란 순무' 공연을 해주었다.

그때 그 캠프에는 다른 사람에게 관심이 없고, 가까이 가면 공격까지 해 보통 떨어져 있거나 나무 위에 올라가 있던 아이가 있었다. 그런데 캠프파이어를 하고 난 뒤 갑자기 그 아이가 사람이 모인 곳으로 빠르게 달려왔다. 혹시 다른 사람을 공격할까 염려하며 우리도 빠르게 쫓아 뛰었다. 그런데 아이는 연극과 노래 공연을 한 일본 청년들을 하나하나 안아주는 것이었다.

일본 청년들은 일본의 〈소란부시〉를 부르고 춤을 가르쳐주기도 했다. 〈소란부시〉는 '소란소란'과 '도코이쇼 도코이쇼'라는 가사를 반복하는 뱃노래 같은 유명한 노동요다. 아이는 그 가사를 제대로는 아니지만 "소란소란 소란소란~ 토크쇼 토크쇼 토크쇼"라고 흥겹게 부르고 일기에도 썼다. 그 아이에 대한 우리 치료사들의 생각이 깨졌다. 우리가 모르는 것이 더 많고 선입견으로 제한했으며, 생활과 교류를 더 확장해야 한다는 사실을 배웠다.

일본 청년들도 캠프로 예상치 못한 변화를 경험했다. 스태프로 온 일본 청년은 정신병원에 입원하기 직전 부모님이 마지막이라는 생각으로 청년 활동과 워크캠프에 참여하게 했다고 말했다. 이후 다른 사람과 같이 땀 흘리며 일하고 배우는 가치를 알려준 그 활동에 적극적으로 참여했다며, 캠프에서 만난 몇몇 청소년에게서 자신의 모습이 떠오른다고도 했다.

그는 다른 사람보다 속도는 느리지만 자기 속도로, 자기가 잘하는 것을 발견하고 격려받으며 살도록 믿어주는 어른이 있어 지금처럼 다른 청년의 활동을 돕게 되었다며 자신의 이야기를 털어놓았다. 그의 말은 캠프를 진행하는 우리에게 어른이 되어달라는 소리로 들려서 묵직했다.

또 한 일본 청년은 원래 유치원 교사였는데 어떤 사건으로 힘들게 교사를 그만두었고, 이후 다른 일을 하다 장애 아동과 함께하는 워크캠프라고 해 아이들을 다시 만날 수 있을까 싶은 마음으로 참가했다고 했다. 캠프 후 아이들을 있는 그대로 보고 배우면서 다시 유치원 교사를 할 수 있을 것 같다는 마음이 생겼고, 그 마음을 가지고 일본으로 돌아가겠다고 했다.

그렇게 우리의 만남은 서로에게 영향을 주었다. 그 만남은 언어로 시작된 것이 아니었다. 만남을 이어준 것은 놀이였고, 일이었고, 배움이었고, 여가였고, 휴식이었고, 공연이었고, 일과였고, 활동이었다.

이후 '나는 어른인가' 하는 고민이 생겼고, 한일 워크캠프를 지속할 수 있는 어른으로는 아직 역부족이라는 생각에 머물러 있다.

이음: 사람과 사람을 잇는 사람과 공간을 삼달에 기대하다

이 글을 쓰며 고민을 했다. 혹시 너무 전문적인 언어가 될까, 너무 개인적인 이야기가 될까 하고. 그래도 잠시 재활분야에서 일하는 작업치료사로서 글을 정리하고자 한다.

내가 정말 하고 싶은 것이 무엇인가 고민하다 보면 늘 결론은 '협력하는 건강 전문가'다. 협력하지 않아 고립되고 시설화되는 현장을 학교, 복지관, 병원, 보호센터, 요양기관에서 목도한다. 때로는 장애를 치료해 낫는 병으로 여기며 그 장애를 없애기 위해 평생의 시간을 보내는 경우를 직간접적으로 보기도 하고, 실제로 의료 제도도 그런 방향성을 갖고 있다. 법률은 '신체·정신 장애를 회복하기 위해' 병원에서 치료한다고 말하고 있다. 악순환이다.

문제를 중심으로 보면 장애가 있는 사람이 각자의 손상 유형별로

서로 반목하기도 하고, 보호자나 부모 중에는 유리함만을 찾아 상대적으로 장애가 중한 사람을 배제하기도 하며, 장애 속에서 장애가 이중으로 고립되는 경우가 있다. 장애는 개인의 손상에서 비롯되기도 하지만, 사회적 배제나 분리, 무리와 과로로 이차·삼차적인 신체·정신 장애 또는 질병이 생기며 더 큰 문제로 번지는 경우도 존재한다.

이상엽 삼달지기를 가만히 지켜보니, 그런 장애와 문제의 악순환, 문제가 이삼차로 심화되는 양상과는 완전히 반대로 참여와 강점 발견의 선순환을 보여준다. 난치병을 만난 뒤 더욱 '하고자 하는 일'을 하려고 삼달다방을 짓고, 휠체어 리프트 자동차를 사기 위해 뜻을 모아 모금을 하며, 장애가 있건 없건 모든 사람이 여행하고 휴식하는 장소를 만들어 선순환을 일으키려 한다.

거기에 더해 이음장애인자립생활센터 이규식 센터장이 통장을 탁털어 부탁한 '장애인이 한달살기를 할 수 있는 공간을 만들어달라'는 말에 또다시 '이음동'을 짓고 있다. 이 이음동이 만들어진다면, 또 얼마나 선순환이 많아질까.

고립되고 반목하면 서로에게 곤란한 행동을 하고 서로에게 나쁜 존재가 된다. 한국인으로서 일본의 노인, 청년을 만나서 나는 더 성숙한 인간이 되었다. 장애가 있는 사람과 가족들을 만나 더 배울 기회를 얻었다.

삼달 공간에서도 삼달지기는 많은 사람에게 좋은 존재가 되고, 사람들 또한 다른 사람들에게 더 좋은 존재가 되게 한다. 웰빙이다. '협력하는 건강한 웰빙'이 될 조건이 풍부하다. 이 공간에서 다양한 전문가들은 더 건강해지고, 더 협력하지 않을까? 삼달지기를 통해 삼달이라는 공간과 그 공간에서 서로 만나고 교류하며 좀 더 건강하고 행복해지는 다양한 존재들을 상상해보았다.

그만큼 삼달지기에게는 무심한 듯 예민하고, 평등하고자 다양한 차이를 고민하고, 평범한 듯 비범한 면이 있다. 그런 면이 삼달 공간에 반영되어 있다. 이 터전에서 다양한 사람이 놀이, 예술, 여가를 보내면서 서로를 존중하고 적절하게 교류하는 느슨하고 관대한 약속을 만들면서 다른 사회와 연결하는 에너지를 키울 수 있다고 생각한다. 이는 장애인에게만 해당하지 않는다.

나는 좋은 만남과 쉼, 여유는 교사나 치료사, 복지사의 건강에 꼭 필요하다고 생각한다. 좋은 쉼과 여유는 삶을 더 좋은 활동으로 채우며, 이는 더 건강한 삶으로 연결된다고 강하게 주장한다. 그런 터로써 삼달을 활용하고 교류할 수 있다고 당당하게 말한다. 서로를 웰빙하게 하는 좋은 공간과 지킴이로 삼달과 삼달지기를 활용할 수 있다.

그래서 좋은 동료에게 앞으로 이 삼달을 활용하기 위해, 지금 삼달의 '이음동'을 짓는 일에 동참해주기를 제안하고 부탁한다. 이음동을 함께 짓자고. 그런 뒤 만남과 휴식과 워크숍과 공연 등을 위해 잘 사용하자고. 개인적으로는 이 삼달 공간에서 발달장애 아동·청소년뿐 아니라 한일 청년들과 고생스러울 수 있지만 안전한 생활캠프, 워크캠프를 하고 싶다. 한 번이 아니라 지속적으로. 그러기에 이 공간과 공간 주인에게는 참 좋은 조건이 많다.

그럼에도

다시 시작하는

5장

못방과 삼차

공간 이야기 4_무방과 쌍차

무방에서 놀멍 쉬멍

무엇을 해도 무방한 곳이라는 뜻을 담은, 장애·비장애 공익 활동가들과 아티스트를 위한 레지던시 공간이다. 그들이 긴 시간을 머물며 그림을 그리고, 글을 쓰고, 기타를 튕기고, 뒹굴뒹굴 쉼과 함께 예술로 이어지는 공간으로 활용하기를 바라며 만들어졌다. 삼달다방 한쪽에 있었던 컨테이너 창고를 활용한 무방은 삼달다방의 업사이클링 정신을 그대로 보여준다. 무심은 이 공간을 만들 기금을 모으기 위해 무뻥차를 판매했다.

쌍차는 어떻게 무방 위에 올라갔을까?

쌍차는 2013년 쌍용자동차 문제를 풀고자 만들었던 '희망 지킴이'가 기획한 'H-20000 프로젝트'로 탄생했다. 자동차를 만들던 노동자가 공장으로 돌아갈 수 있게 하자며 2만 명의 마음을 모아 아트카를 만들어 2013년 6월 7일 서울 시청 광장에서 노래패 꽃다지에 기증한 것이 바로 이 쌍차다.

꽃다지는 이 차를 타고 전국 각지로 노래 공연을 다녔다. 그런데 이 차가 수명을 다해 도저히 더는 굴릴 수 없는 상태가 되어 삼달다방으로 왔다. 아트카는 2018년 6월 무심과의 마지막 기행을 마치고 2019년 붉은 컨테이너 위로 올라갔다. 지금 무방의 지붕 위다.

이상엽

삼달지기 무심이 전하는 무뻥차 탄생 이야기다.

무뻥차 그리고 어머니

삼달다방 터는 원래 무와 양배추 농사를 짓던 곳이다. 제주도 월동 무의 주 생산지가 삼달다방이 있는 이곳 성산 지역이다. 무지개동과 이음동을 거의 지어갈 즈음에 무 농사를 지어보면 좋겠다는 생각이 들었다. 무가 이 지역의 정체성과 연결되어 있기도 하고, 농사지어 필요한 곳에 나누는 즐거움도 크겠다 싶었기 때문이다.

8월이 되어 흙을 갈아 무를 심고 겨울을 넘기고 나서 수확했다. 제초제는 쓰지 않았다.

무 농사 초기에는 건물을 지으며 일하는 사람들에게 밥도 지어 먹였다. 여기에 서울장애인인권영화제 일로 육지를 오갔기에 체력적인 부담이 없었던 건 아니지만 하고 싶어 선택한 일이니 그리 스트레스가 되지는 않았다. 그렇게 시작해 매년 농사를 짓고 있다.

무를 나누는 즐거움

무는 삼달다방의 밥상에 자주 오르는 귀한 식재료이면서 '무뻥차(茶)'를 만드는 데 쓰인다. 겨울에서 봄으로 넘어갈 즈음 삼달다방에는 머무는 사람들이 무뻥차를 만드는 작업에 동참하는 '일-쉼 공동체'가 펼쳐진다. 무를 뽑고 무청은 자른 뒤 씻고 썰어 4박 5일 동안 제주도의 햇살과 바람에 말린 다음 건조기에 넣어 다시 한 번 건조시킨다. 태양 건조 방식을 거치면 당도가 깊어진다고 한다. 이제 말린 무를 뻥튀기해 포장 봉투에 담는다. 이 일련의 과정이 모두 정성을 담은 수작업으로 진행된다.

응원하는 마음을 담아 무를 대학 시절부터 자원 활동을 해온 명륜보육원을 비롯해 장애인 야학이나 자립홈, 지역 아동센터, 여성 쉼터, 비정규 노동자의 집 꿀잠처럼 밥을 해 먹는 공간들에 보내기도 한다.

삼달다방을 지을 때 공구와 짐을 넣어두었던 컨테이너 공간을 '레지던시(Residency)'로 탈바꿈하는 공사를 진행했을 때도 무의 도움을 크게 받았다. 장애·비장애 예술인과 공익 활동가가 긴 시간 머물면서 글이든 그림이든 음악이든 창작 활동을 하고 쉬기도 하며 문화예술도 즐기는 공간을 만들고 싶었는데, 공사비가 만만치 않았다. 묘책을 고민하다 공사비 모금에 동참하면 사람들이 원하는 곳으로 무를 보내는 프로젝트를 진행했다. 다행히 사회적으로 의미 있는 공간을 지정해 무를 후원하려는 이들이 많이 참여했다.

무를 통해 무엇을 해도 무방하고 비우고 채우는 공간이라는 뜻의 '무방'이 만들어졌다. 무는 그렇게 제주도와 육지의 인연을 이어나가

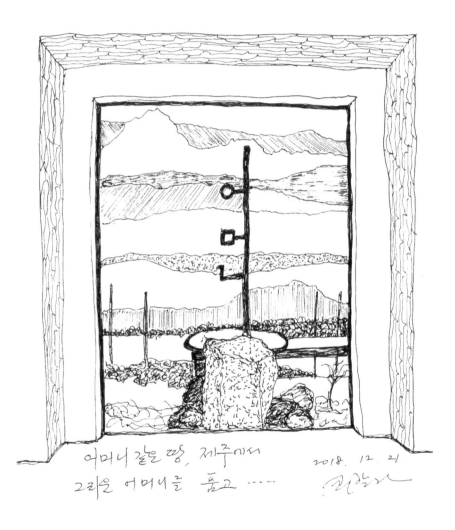

어머니 같은 땅, 제주에서
그리운 어머니를 품고 ……

2018. 12. 21
최광선

는 매개체이자, 돕는 사람을 돕는 공간이 되고 싶은 삼달다방의 메신
저 역할을 톡톡히 하고 있다.

무뻥차의 탄생

삼달다방에서 만들어 판매하는 무뻥차는 애초 어머니가 보내던 '무
뻥'에서 비롯되었다. 육지에 살 때부터 비염이 심하고 면역질환이 있
는 아들을 위해 주말농장에서 손수 농사지은 무를 뻥튀기해 보내시곤
했다. 어머니는 뻥튀기한 무를 무뻥이라 부르셨는데, 무뻥을 끓여 사
람들과 나누다 보니 제주도 무로 만들어도 괜찮지 않을까 싶었다. 그
렇게 무뻥차가 탄생했다.

절에서 스님들이 말린 무를 덖어 차로 드시곤 했지만, 튀기는 방식
의 무뻥차와는 차이가 있다. 어머니의 예전 기억에도 무뻥이라는 명
칭만 있었던 걸 보면, 무뻥차라는 이름을 만든 건 삼달다방이 아닐까
한다.

무뻥차를 만들어 배송하기까지에는 여러 사람의 협업이 뒤따른다.
무를 뽑고 썰고 말리고 포장하고 있으면 투숙객들이 알아서 손을 보
탠다. 내가 하고 있으면 거드는 사람이 생기고, 너도나도 알아서 일손
을 내어놓는다. 물론 분위기 때문에 동참하는 사람도 있겠지만, 누구
에게도 강요하는 작업은 아니다. '무 명상'이라는 말이 무색하지 않
게, 하루 두어 시간씩 무리하지 않고 몸을 움직이다 보면 잡념을 비우
는 데 도움이 된다. 투숙객들도 그와 같은 의미로 무뻥차 만드는 시간

274

을 활용하는 것 같다.

맛도 맛이지만 삼달다방을 아끼는 마음에 무뻥차를 사주는 지인들도 있다. 덕분에 숙박비만으로는 벅찬 공간 운영에 실질적인 도움을 얻고 있다. 한 번 뻥튀기를 할 때마다 비용이 6,000원가량 든다. 지난 겨울에만 200번 넘게 튀겼으니 비용이 만만치 않았다. 누군가 뻥튀기 기계를 사서 비용을 절감하면 어떻겠냐고 제안했는데, 그게 삼달스러운 방식일까 고민이 되었다. 여러 사람의 협업 없이는 무뻥차를 만들기 어렵듯, 장에 나오는 뻥튀기 장수와 삼달다방이 함께 사는 길도 고려하면 좋겠다 싶었다. 그분에게도 벌이가 되고, 기다리는 동안 나도 숲길을 걸으며 운동하는 일상을 유지하기로 했다.

어머니에게서 시작된 무뻥차가 이렇게 사람과 사람을 잇고 '일-쉼 공동체'를 경험하는 시간을 제공하는 매개체가 되고 있다. 무뻥차를 삼달다방 운영을 위한 수익 수단으로만 그치게 할 생각은 없다. 이 지역의 청년이나 장애인들이 무뻥차를 생산해 판매하는, 일종의 사회적 농업으로 확장되어 여럿이 함께 사는 길에 쓰이면 좋겠다는 바람이 있다. 3년 정도 실험해보니 어느 정도 가능성이 있어 보인다. 내 마음을 헤아렸는지, 가수 이지상이 멋진 서체로 무뻥차 글귀를 써주었고, 양평 사는 송정이 포장 봉투를 디자인해 자비로 상표 등록까지 추진했다. 많은 이의 지지와 응원 속에 누군가를 꿈꾸게 하는 일로 나아갈 수 있으니 감사한 일이다.

어머니를 닮은 삼달다방

어머니는 봉투에다 내 이름 '상엽'이나 '무뻥'과 같은 물건 이름을 직접 써 붙여 손수 지은 농산물이나 반찬을 보내곤 한다. 삐뚤빼뚤한 어머니의 서체를 볼 때마다 어떤 왕의 서체나 신영복 선생의 서체를 만날 때보다 더 행복해진다. 꾹꾹 눌러쓴 글씨마다 어머니의 마음이 담긴 것 같다. 초등학교도 못 나온 어머니는 동네 오빠에게서 어깨너머로 한글을 깨우치셨다. 여전히 맞춤법이 틀리는 경우가 없지 않은데 그마저도 정겹다.

무지개동 공용 샤워장 앞에는 내 어머니의 얼굴이 담긴 사진 액자가 걸려 있다. 10여 년 전, 내가 한 해 동안 어머니 모습을 계속 찍고서는 전시회에도 걸었던 사진이다.

"예쁘지도 않은 얼굴을 뭐한다고 계속 찍어대냐."

처음에는 쑥스러워했던 어머니가 시간이 지나자 자연스레 자세를 취해줬던 기억이 난다. 어머니가 물건을 보낼 때마다 이름표를 조심조심 떼어 액자 옆에 붙여두었는데, 어느 날인가 감쪽같이 사라져버렸다. 투숙객의 사정으로 변기가 깨지거나 물건이 상하는 일은 하나도 속상하지 않은데, 그 이름표들을 끝내 찾지 못한 일은 두고두고 속상한 기억으로 남아 있다. 어머니의 흔적이 지워진 것만 같은 느낌이다.

어머니는 내게 삶의 기둥이자 정서적 뿌리와 같은 존재다. 네 살 때 아버지가 노름으로 집을 날리고 내내 가난을 끼고 살았다. 우리 사 남매가 육성회비를 내지 못해 학교에서 쫓겨날 뻔한 적도 여러 번이었다. 아버지가 십 원 한 푼 없어도 일을 벌이다 빚을 얻기 일쑤였다면, 어머니는 꾸준한 성실함과 강인한 생존력으로 가족을 지켜냈다.

대학 1학년 여름방학 때였다. 건물을 해체하는 현장에서 벽돌 건물이 무너져 압사할 뻔한 일이 생겼다. 허리를 심하게 다쳐 8개월간 병원 신세를 졌는데, 다 큰 아들 대소변까지 받아내며 나를 지켜준 분이 어머니였다. 간호사에게 들으니 힘들어하는 내 앞에서는 눈물 한 방울 비치지 않았던 어머니가 복도에 나와서는 몇 번이나 눈물을 훔치곤 하셨다고 한다. 사고 난 지 2년 뒤 부채까지 남기고 아버지가 돌아가셨다. 그때부터 어머니는 공사 현장에서 '직영(청소나 작업 준비 등 각 팀의 빈틈을 메우는 역할을 하는 사람)'이라 불리는 일을 일흔 즈음까지 하셨다. 지금도 농담처럼 이렇게 말씀하신다.

"평촌 신시가지는 다 내가 지었지."

내게 어머니는 존재 자체로 힘과 위로가 되지만, 삶과 사람을 대하는 자세가 어떠해야 하는지 말없이 가르쳐준 분이기도 하다. 어머니는 어려운 형편에서도 사람과 마음을 나누는 일에 인색하지 않았다. 가정폭력이란 개념조차 없던 시대에 이웃집에서 남편이 아내를 때리는 일이 있으면 무섭지도 않은지 두 팔 걷어붙이고 상황을 정리하기도 했다. 중학생이었던 여동생이 등록금 안 냈다고 정학처분을 당할 위기에 처했을 때는 교장실로 찾아가 따졌다고 한다. 왜 부모가 책임질 일로 아이에게 상처 주느냐고.

집안 형편은 어려웠지만 당당한 모습은 잃지 않았던 분이 바로 내 어머니다. 자식들이 모두 자리 잡고 형편이 좀 나아진 뒤에도 공공근

로를 나가실 만큼 어머니는 독립적이다. 주말농장에서 지은 농산물도, 내가 지금 보내드리는 농산물도 사시는 아파트의 경비 노동자나 청소 노동자, 홀로 사는 이웃 노인들과 나누신다. 그분들도 먹을거리를 사 들고 어머니 집에 들르신다. 아흔 가까이 된 어머니가 교류하는 이웃이 있으니 나도 덕분에 안심이 된다.

나누며 살아라, 같이 살아라.

이런 이야기를 하지는 않아도 어머니의 삶 자체가 보여준 메시지의 힘은 컸다. 내가 걸어온 삶의 길 곳곳에 어머니의 흔적이 묻어 있다. 아버지 돌아가실 때까지 시유지(市有地)에 있는 비닐하우스 같은 곳에서 살았기에 빨리 독립해야겠다는 마음이 앞섰지만, 사람을 중심에 둔 삶을 살고 싶다는 생각이 떠나지 않았다. 큰 사고를 겪은 뒤에 내게 이어진 삶이 덤이란 생각도 영향을 미쳤을지 모르겠다. 신문 배달, 우유 배달, 공사장 인부, 용접 등 온갖 아르바이트로 학비와 생활비를 벌며 대학 공부를 하면서도 주말마다 보육원 자원 활동 가는 일은 빼먹지 않았다. 공사 현장에서 오전까지 일하다가도 자원 활동 시간이 되면 어김없이 그만두고 나왔다. 업체에서는 '저 자식은 대체 어떻게 생겨먹은 놈이야?'라는 시선을 보내곤 했지만, 평소 열심히 일한 덕인지 용케 잘리지는 않았다.

직장생활을 하면서도 장애인 단체 자원 활동을 계속했다. 다니던 회사의 회장한테 '돈을 버는 것도 중요하지만 잘 쓰는 것도 중요하다. 내가 이 회사를 좋은 일을 하는 회사로 만들어주겠다'라는 식으로 설득해 사회공헌팀을 만들기도 했다. 단체 사무실 리모델링도 지원하고, 활동가들 장학사업도 하고, 단체 경상비 지원도 하고, 테드(TED)식 강연회를 200회 넘게 열어 사회적 가치를 알리기도 하면서 재미있게 살았다. 직장생활을 하면서도 내가 추구하는 가치를 잊지 않기 위한 활동이었는데, 그때 맺은 인연들이 지금도 이어지고 있다.

무지개동 뒤편에는 '어머니'란 글자로 만든 금속 조형물이 놓여 있다. 최병수 선생(이한열 열사 걸개그림을 그린 작가이기도 하다)이 직접 제작해 광화문 광장 세월호 캠프에 전시했던 작품인데 삼달다방으로 왔다. 어머니 하면 고향 선산에 굽은 소나무가 생각난다. 어머니의 품을 떠올리며 삼달다방도 지었다. 언제부터인가 어머니와 헤어질 때마다 안아드렸는데, 어느 날부터는 어머니가 나를 안아 맞아주신다. 어머니를 모시고 살 때, 며느리인 오케이는 활동하느라 자정을 넘겨 집에 들어오기 일쑤였고 시어머니에게 '네네' 하지 않고 질문 던지기를 좋아했다. 전통적 의미의 며느리와는 거리가 먼 오케이의 모습도 재미있다는 듯 포용하신 분이 어머니다.

삼달다방이 어머니와 닮은 포근한 공간이 되면 좋겠다. 어머니가 내게 그랬던 것처럼, 사람들이 힘들고 지칠 때 그냥 올 수 있는 공간, 존재 자체로 위로가 되는 공간, 힘든 이유를 굳이 말하지 않아도 되고 아무 말 없이 떠나도 기다려주는 공간, 다양한 사람들이 존재 그대로 받아들여지는 공간이면 좋겠다.

끝으로 아버지 이야기를 조금 보태고 싶다. 아버지가 끼친 부정적인 영향 말고 아버지에게 물려받은 좋은 점만 기억하려고 애쓰며 살았지만, 아버지를 원망하는 마음이 없었다면 거짓말이다. 야간 고등학교 다

상엽

닐 때 아버지와 일하러 간 적이 있었다. 학교 갈 시간이 되어 나가려고 하는데 아버지가 계속 일하면 좋겠다고 했다. 고집을 피워 학교에 가기는 했지만, 서러움이 북받쳐 자꾸만 눈물이 흘러내렸다. 이대로는 안 되겠다 싶어 죽도록 공부해 대학에 진학했다. 대학 1학년 때 압사 직전까지 갔던 사고도 아버지가 데려간 작업 현장에서 생긴 일이라 탓하는 마음이 없지 않았다.

아버지 장례를 치르면서도 앞날을 생각하면 눈물조차 나오지 않았다. 아버지 무덤 앞에서, 나는 아버지와는 달리 내 방식대로 잘 살아낼 거라고 다짐만 했던 기억이 난다. 몇 해 전 tvN 프로그램 〈리틀빅 히어로〉에 출연했을 때였다. 인터뷰를 진행하던 도중에 아버지 이야기를 하다 울음이 터져버렸다. 내가 사고를 당한 후 아버지도 속상했던지 술을 많이 드셨고 그 바람에 간암으로 돌아가셨다. 경제 사정이 어려워 진통제 한 번 못 맞고 세상을 뜨시게 한 미안함과 아버지를 잃은 슬픔이 한꺼번에 몰려왔다. 어느 분 말마따나 '유예된 슬픔'이었다. 그렇게 울고 말하고 나니 마음속 응어리가 조금은 풀린 기분이었다. 어머니에게서 많은 것을 얻고 배우며 살았지만, 낙천성과 일을 벌이는 데 주저하지 않는 내 기질은 아버지에게서 온 고마운 유산임을 기억하며 살아간다.

박정경

삼달다방을 사랑하는 박정경 작가가 삼달다방의 구석구석을 둘러보며 썼다.

삼달다방에 깔려 있는
업사이클링 철학

삼달다방에는 삼달다방만의 독특한 분위기가 있다. 바로 업사이클링 철학에서 비롯된 빈티지 풍경이 만드는 오래된 분위기다. 삼달다방 업사이클링의 정점은 무방이다. 다른 곳에 있었다면 벌써 버려졌을 컨테이너 공간이 삼달다방에서는 쓸모 있는 공간 '무방'으로 만들어졌다. 이뿐만이 아니다. 삼달다방의 곳곳에 숨어 있는 업사이클링 철학은 보는 사람들의 생각을 깨뜨리며 동시에 감탄하게 한다.

가스통으로 만든 홍학, 폐 파이프로 만든 실로폰, 분홍집에 있었던 난로, 세계자연유산센터에 설치되었던 작품까지. 버려질 위기에 처했던 것들이 삼달다방에 오면 새로운 생명을 얻는다.

이렇게 삼달다방에서는 버리는 거 없이 모두 재활용을 한다.

가스통으로 만든 홍학, 폐파이프로 만든 실로폰, 그리고 세계자연유산센터에 전시되었던 홍지희 작가의 "숲 안의 바람" 업사이클링 작품을 설치하였다.

크게 보면 건축에도 업사이클링 철학이 담겼다. 그런데 삼달다방의 업사이클링은 단순한 의미의 재활용이 아니다. 그 안에는 사람들의 추억과 기억이 녹아 있고 그 인연들이 곳곳에서 이어진다. 이것이 바로 무심이 생각하는 업사이클링의 개념이다. 삼달다방을 지으면서 썼던 것들이 이 공간에서 장애·비장애 작가들에 의해 재탄생해 새로운 생산이 이루어졌다.

무심은 삼달다방이 새 건축물이기는 하지만 한편으로는 재생산되는 의미를 담고자 했다. 이 때문에 무지개동이 공간의 연차에 비해 다소 오래된 느낌이 들기도 한다. 오랫동안 제주도에서 자랐던 나무로 만든 귤박스가 책꽂이가 되고 천장 무지개 길이 되는 재탄생의 순간을 맞으며 누군가에게 또 다른 행복과 위로와 충전이 된다.

무심의 업사이클링 철학은 꼭 유형의 것에만 담기지 않았다. 사람들의 이야기도 재탄생시켰다. 삼달다방을 거쳐간 사람의 이야기들이 또 다른 문화적 공간을 만들어냈다. 무심은 삼달다방이 그저 건축 공간으로서의 기능만 하기보다는 사람들의 이야기를 잇고 담을 수 있도록 하고 싶었다.

'분홍집'도 마찬가지다. 지난 2022년 리모델링되어 한 사람이 묵는 오롯한 개인 공간으로 재탄생했다. 분홍집은 이제는 다른 색으로 변모해 더 이상 분홍집이 아니게 되었지만, 2017년 아무것도 없던 초코랜드에 맨 처음 지어진 집이다. 그러니 분홍집은 삼달다방의 시작인 셈이다. 끊임없이 이어지는 재생산의 실천들이 삼달다방을 만들고 지키는 철학이자 힘이다.

이상엽

무심이 나눔이 순환되는 정거장, 삼달다방에 대해 적었다.

마음과 마음이 만나다:
커피와 쌀이 떨어지지 않는 삼달다방

옛 직장 후배가 사주를 봐준 적이 있다. 자기 인생이 잘 안 풀리다 보니 사주명리학을 열심히 공부한 사람이다. 내게 '가을 모닥불' 운명이 있다고 했다.

스산한 날씨에 사람들이 온기를 쬐러 오는 모닥불.

생각해보니 맞는 말이었다. 학교 다닐 때도, 직장 다닐 때도, 30년 가까이 사회운동의 곁에 있을 때도 모닥불 같은 역할을 주로 맡았다. 술자리에서 끝까지 사람들을 챙긴다거나 운동단체들의 공간이나 재정 마련을 위한 후원을 조직하는 식으로. 내가 좋아서 마지막까지 지켜주는 사람이 되고 싶었다.

어찌 보면 삼달다방이라는 공간을 만든 것도 같은 이유에서였다. 간혹 서운할 때가 없지는 않다. 개인적인 보답을 바라고 한 일은 아니

었지만 내가 주는 걸 너무 당연하게 여긴다거나 중요한 결정에서는 배제된다거나 내 역할이 지닌 가치를 존중받지 못하는 느낌이 들 때면 아쉬운 마음이 조금씩 일곤 했다. 오히려 삼달다방을 하면서 그 생각에 많은 변화가 생겼다. 내 의지로만 이곳을 만들거나 운영할 수 없다고 생각했지만, 이토록 많은 나눔과 연대가 이어지리라고는 예상치 못했다. 세상에 일방적으로 주는 관계는 없다는 걸 깨닫게 해준 것이 바로 삼달다방의 시간이다.

독은 비어도 마음은 채워지는 시간

원래 커피를 좋아하지 않던 내가 삼달다방을 하면서 커피를 마시기 시작했다. 나는 자가면역질환인 '베체트'로 희귀난치성 질환 판정을 받아 약을 계속 먹어왔다. 그 바람에 신장이 좋지 않은 나에게 한의사가 커피를 한두 잔 마셔보면 어떠냐고 권해 마시기 시작했는데, 커피를 앞에 두고 사람들과 마주 앉는 시간이 좋아서 커피를 더 아꼈다. 마시고 싶은 사람은 누구나 내려 먹을 수 있지만, 내가 직접 다방지기가 되어 커피를 내어주는 걸 더 좋아한다.

그런데 사람과 사람이 만나는 접점을 만드는 커피를 내 돈으로 직접 산 기억이 거의 없다. 삼달다방 주방에 CCTV를 달아두었나 싶을 정도로 커피가 떨어질 즈음이면 어김없이 커피를 보내는 벗들이 있다. 다녀간 투숙객 중에 얻어먹은 커피가 생각나서인지 원두를 보내는 이도 있다. 그 커피를 내려 누군가와 마주 앉으면, 사람이 사람으로 이어지는, 점과 점이 모여 하나의 선으로 이어지는 느낌이 든다.

쌀도 마찬가지다. 삼달다방은 머무는 사람들과 밥을 나누는 시간을 중요하게 생각한다. 한 달에 20킬로그램은 거뜬히 없어질 정도로 엄청난 양의 쌀을 소화한다. 친척이나 농사짓는 지인이 쌀을 보내거나 어쩌다 사먹기도 하지만, 이곳에서 밥을 나눈 사람들이 사오거나 보내는 경우도 많다.

밥은 생명이다. 식탁에 둘러앉아 나누는 대화로 사람들 사이의 관계가 맺어지고, 그 관계가 여행이나 인생의 길동무로 발전하기도 한다. 밥을 나누는 일은 생명을 가꾸면서 서로의 존재를 환영하는 공동체로 가는 길을 연다. 기다란 삼나무 식탁을 들이고 큰 수고를 들여 공유주방을 만든 이유도 삼달다방을 하나의 밥상공동체로 만들고 싶었기 때문이다.

여럿이 먹을 식사를 매번 준비한다는 게 쉬운 일은 아니다. 특히 최근 들어 한자리에 서 있다 보면 다리가 쉬이 붓고 피곤이 몰려드는 오케이가 주로 음식을 하다 보니 몸과 마음이 힘들어지지 않을까 걱정이 크다(인권 활동을 하느라 요리와는 담을 쌓아온 오케이는 요즘 요리하는 재미에 빠져 있지만, 냉장고 속 남은 재료를 활용할 마땅한 조리법이 잘 떠오르지 않거나 몸이 피곤해 사람들에게 짜증을 낼까 걱정이라고 한다). 제 입만 달랑 들고 와서 먹고 가는 사람을 보면 복잡한 심경일 때도 있다. 그러나 약간의 시간을 담는 작업을 하고 나면 그 사람들도 공동체성을 경험하고 변하는 걸 목격하게 된다. 대부분은 알아서 밥상 차리기를 돕거나 요리에 나서거나 다른 일감을 찾아

팔을 걷어붙인다. 쌀독은 비어도 사람의 마음은 채워진다.

끊임없이 비고 채워지기를 반복하는 공간이 바로 문화동에 놓인 술냉장고다. 대학 시절, 지친 이들이 쉬어가는 목로주점 느낌의 술집을 여는 꿈을 꾼 적이 있다. 그런 공간이 삼달다방에도 있으면 좋겠다 싶어 이 공간을 지을 때부터 문화동에 술냉장고 자리를 비워두었다. 어느 날 페이스북에 술냉장고가 있었으면 한다는 이야기를 올렸더니, 지인이 선물로 보내와 지금의 자리에 놓였다.

들어선 지 2년 동안 술냉장고가 빈 것을 본 적이 없다. 무슨 화수분인 양, 투숙객들이 알아서 비우고 채우고를 이어간다. 마실 사람이 미리 술을 채워두거나 비운 사람이 다시 채우는 경우가 대부분이지만, 사정이 안 되는 이들은 그냥 비우기만 하고 자원이나 마음이 더 있는 이들이 채워넣기도 한다. 비워도 미안해하지 않고 채워도 생색내지 않는 냉장고여서 나는 더 고맙다. 술이 동나지 않듯, 사람들의 마음도 끊이지 않는다.

나눔이 나눔으로 이어지다

나눔을 일상화하려고 노력하는 이유는 공동체성을 만들기 위해서이기도 하지만, 이곳 삼달다방이 나눔의 결과로 만들어졌고 지금도 채워지는 공간이기도 해서다. 우리 부부가 살던 아파트를 팔아 삼달다방을 처음 짓기 시작했지만, 공간 곳곳에 나눔의 흔적들이 빼곡하다. 장애인과 공익 활동가들이 길게 머물 수 있는 이음동을 만들 때도 많은 이들이 마음을 보탰고, 휠체어를 이용하는 장애인이 제주도에서 여행하기 어렵다는 걸 공감한 이들이 휠체어 탑승이 가능한 특장차 (우리는 '노랑버스'라 부른다)를 마련했다. 주방의 김치냉장고와 가스 레인지, 청소기와 세탁기, 제습기와 이부자리, 문화동의 음향장치와 마당에 설치된 실로폰 같은 것들도 모두 벗들의 선물이다. 자기가 쓰던 가구나 책, 각종 소품을 계속 보내는 이도 있다.

공용주방을 만들 때도 만만치 않은 공사비가 들었는데, 모아두었던 돈을 쾌척하거나 공사를 도와준 이들이 있다. 덕분에 지금의 밥상 공동체가 가능해졌다. 세상에 좋은 차(茶)가 얼마나 많을 텐데 가을이 되면 굳이 삼달다방에서 만든 무뻥차를 사주고, 농사지은 무와 귤을 사주는 사람들도 있다. 글 쓰는 사람들은 이곳이 추구하는 가치나 초코(우리와 10여 년을 함께 살다 무지개다리를 건넌 반려견의 이름이다)를 수목장한 이야기를 칼럼에 실어 연대하기도 한다. 이곳에서 만난 존재들과 나누었던 마음을 귀하게 여겨주니 더없이 고맙다.

전 직장 후배는 아날로그 카메라 수리비를 얼마 전부터 보내온다. 그는 마흔 무렵의 젊은 나이에 파킨슨병 판정을 받았는데, 나는 직장 스트레스 영향이 아닐까 짐작한다. 이곳 삼달다방에서 자신의 병 이야기를 아이들에게 털어놓고 자연스럽게 풀어가는 모습을 보며 큰 감명을 받았다. 후배는 직장생활을 이어가는 와중에 취미 삼아 카메라 고치는 일로 병을 잠시 잊는다고 했다. 수리를 맡긴 사람들이 2만 원, 3만 원씩 자꾸만 보내는데 이걸 어디에 쓸까 고민하다 삼달다방에 기부하기 시작했다는 것이다.

후배의 마음을 잘 담아낼 일에 쓰고 싶어 그 돈은 따로 모아두었는데, 최근에 마땅한 용처가 떠올랐다. 바로 장애인 인권을 주제로 한 영화 상영회다. 상영회 이름은 '삼달극장'으로, 첫 상영작은 서동일 감독의 〈니얼굴〉로 정했다. 드라마 〈우리들의 블루스〉에도 출연했던 정은혜가 주연을 맡은, 발달장애인 당사자의 성장 기록이다.

생각해보면 삼달다방에서 연 첫 영화 상영회가 발달장애인의 제주도 여행기를 담은 서동일 감독의 〈효니, 전세기를 띄우다〉였으니, 예사롭지 않은 인연인 셈이다.

마음과 마음이 이어지고 사람과 사람이 이어지는 놀라운 순환을 목격하면서 가장 큰 위로를 받은 사람은 바로 나라는 생각이 든다. 직장생활을 계속하고 사회운동을 조력하는 위치에 있었을 때도 나름의 의미가 있었지만 간혹 부속품처럼 여겨지거나 공허함을 느끼는 일도 있었다. 이곳 삼달다방을 지을 때 자기주도성을 갖고 처음부터 끝까지 책임지는 삶을 살아보고 싶은 마음도 컸다.

그런 의미에서 이곳은 나만 행복해지기 위해서는 아니어도 내가 행복해지기 위해 만든 공간이다. 누군가에게 불을 쬐어주는 사람이 나라고 생각했는데, 이곳에서 지내다 보니 어느 순간 내가 사람들이라는 불을 쬐고 있다는 걸 알았다. 너무 감사한 일이고, 다른 이들도 삼달다방에서 같은 마음을 느끼기를 그래서 더 바라게 된다.

나눔이 순환되는 정거장

누군가는 삼달다방의 운영 방식을 답답하게 여길 수도 있다. 삼달다방이나 나를 아끼는 마음에서 조언하는 사람도 있다. 객실 수를 늘리고 요금을 높여야 하며 더 적극적인 마케팅을 해야 한다는 이야기들이다. 식재료비 부담이 만만치 않아 약간의 비용을 책정하고 사정이 어려운 이들은 적게 내는 구조를 만들까 하는 고민은 하지만, 다른 조언은 귀담아듣지 않는다. 경제성과 효율성 위주의 자본주의적 논리로 삼달다방의 운영을 풀어나가고 싶지 않아서다.

실제로 에어비앤비나 요기요 같은 플랫폼 업체에서 '배리어프리한 공익적 숙소'로 마케팅을 적극적으로 해줄 테니 등록하라는 요청을 해온 적도 있었지만 거절했다. 애써서 광고하려 하지 않고, 과한 비용을 책정하지 않는 대신에, 사람과 사람의 마음이 모이고 나눔이 나눔으로 이어지는 방식으로 이곳을 운영하고 싶다. 머물러야 할 사람들, 삼달다방이 필요한 사람들이 머물 수 있는 공간이 되기를 바라기에, 경제성과 효율성의 논리로 사람의 마음을 담기에는 제약이 많다고 여기기에 내 길을 꿋꿋이 가보려 한다.

내 사주에 돈이 모이지는 않지만 그렇다고 돈을 아쉬워하지도 않는 정거장 팔자가 있다고 들었다(사실 나는 사주를 그렇게 신봉하지 않고 내가 추구하는 삶의 결대로 사는 걸 더 좋아한다). 초등학교 2학년 때 영양실조에 걸릴 정도로 지독하게 가난했고, 고등학교 때는 수업료를 안 냈다는 이유로 집으로 돌려보내지는 일도 겪었다. 그런데도 돈을 벌기 위해 아등바등 사는 돈의 노예가 되고 싶지는 않았다.

무엇을 해서든 돈이 필요하면 만들면 된다고 생각했고, 실제로도 그 랬다.

삼달다방에서도 돈이 필요하면 만들어진다. 무를 수확하고 나면 노들장애인야학을 비롯해 밥을 해먹는 단체들에 이삼십 상자씩 무를 보낸다. 맛있게 밥 먹고 각자의 현장에서 잘 살고 활동하기를 응원하 는 마음에서다.

택배비가 만만치 않게 드는데, 요청하지도 않았는데도 무값이라며 돈을 보내는 사람이 나타난다. 신기하게도 그걸로 택배비가 딱 충당 된다. 그야말로 나눔이 나눔을 낳고, 마음이 마음으로 이어지는 순간 이다. 삼달다방의 마음을 읽고 응원하는 이들 덕분에 내가 또 힘을 내 어 살아간다. 삼달다방을 짓느라 팔았던 아파트 값이 많이 올랐는데 속상하지 않냐고 누군가 물어본 적이 있다. 나는 하나도 속상하지 않 았다. 삶의 자산과 행복이 이곳에서 더 많이 쌓였기 때문이다.

초등학교 3학년 때였다. 담임교사가 급우들이 다 보는 앞에서 너는 불우이웃이라서 공짜 급식이라며 내게 우유와 빵을 건넸다. 워낙 먹 을 게 없었으니 맛있게 먹기는 했지만, 그때부터 선한 의도일지라도 누군가를 불편하게 만드는 방식이면 안 된다는 생각을 했더랬다.

삼달다방에서의 나눔도 누군가를 대상화하지 않고 마음과 사람을 잇는 자원의 순환 과정이 되기를 바란다. 삼달다방뿐 아니라 우리 사 회 전체가 이런 순환 과정을 더 닮아가기를 꿈꾼다. 이런 나눔들 덕분 에 삼달다방에서는 사람들을 더 깊이, 더 밀도 있게 만날 수 있다. 사 람들이 자꾸만 이곳을 찾아오고 자기 자원을 나누는 것도 이와 같은

300

까닭이다.

이곳에 머무르다 떠나는 이들을 배웅하며 나와 오케이는 이렇게 말한다.

"잘 댕겨오세요."

세상 만물은 이어져 있고, 우리의 인연도 여전히, 더 조밀하게 이어져 있다.

삼달이 꿈꾸는 삼달

지인이 보낸 커피가 오전 일찍 배달되었다. 사람의 마음이 이어진 덕분에 기분 좋게 하루를 시작했다. 삼달다방을 꾸려오는 내내 이런 시간이었다. 개인 자산을 몽땅 쏟아부어 시작한 곳이지만, 많은 이의 마음이 모이지 않았다면 지금까지 올 수 없었을 테다. 사람들이 삼달다방을 아끼는 이유가 앞으로 이곳이 걸어갈 방향을 비추는 등불이라고 여긴다.

"We welcome All."

완벽할 수야 없겠지만, 누구나 환영받고 모두에게 안전한 공간, 인간의 존엄을 인정받으면서 세상이 세운 장벽으로부터 자유로운 공간이 되려는 노력을 이어가고 싶다. 배리어프리 공간이라고 할 때, 여기서 장벽은 물리적 장벽만을 가리키지 않는다. 존재를 부정하고 위계를 세워 밀어내는 가치의 장벽도 포함된다.

'돕는 사람을 돕는 공간'이라는 삼달다방의 정체성을 계속 이어갈 계획이다. 공익적 가치를 위해 애쓰는 활동가들이 쉼과 위로를 얻는

공간이 하나쯤은 마땅히 있어야 할 테니까.

자연과 문화와 사람을 잇는 삼달

삼달다방이라는 공간 안에 자연과 문화와 사람을 잇는 시간도 더 많이 채워가고 싶다. 제주도의 자연이 주는 감격과 문화를 통해 생기는 새로운 에너지, 사람을 통해 전해지는 위안이 함께하는 프로그램을 더 자주, 더 안정적으로 진행하고픈 꿈을 꾼다. 삼달다방의 터를 처음 만났을 때, 시간이 멈춘 느낌을 받았다. 그때부터 이곳에서 그 꿈을 실현해보고 싶은 소망을 품었다.

우선 GV를 결합하여 건강한 사람의 이야기가 담긴, 사회 변화를 꿈꾸는 사람들의 이야기가 담긴 인권·환경 영화 상영회를 '삼달극장' 이름으로 정례화하면 좋겠다. 문화동을 완공하자마자 영화 상영회를 계속 시도해왔다. 서울장애인인권영화제 작품을 보기도 하고 워크숍으로 이곳을 찾는 단체가 있으면 프로그램의 한 꼭지로 영화 보는 시간을 넣기도 했다. 영화를 보고 이야기를 나누면서 지친 마음을 위로받을 수 있으니까.

언젠가 송년 행사로 〈두 교황(The Two Popes)〉을 같이 보면서 참여자들과 함께 우리는 어떤 삶을 살아가고 싶은지 포스트잇에 적어 이야기 나누는 시간을 가진 적이 있다. 그때 조한혜정 선생을 이야기 손님으로 모셨는데, 관객들이 똑같이 1/n로 자기 이야기를 보태면서 교감했던 장면이 인상 깊었다. 2022년 7월, 정은혜 작가와 그녀의 어머니이자 만화가인 장차현실, 영화감독 서동일과 함께한 〈니 얼굴〉 상영회가 삼달극장의 본격적인 시작이다. 당시 홍보를 시작하자마자 전 좌석이 매진되었다. 상영회에 앞서 막 종영된 tvN 드라마 〈우리들의 블루스〉의 영향도 있었겠지만, 그만큼 제주도에서는 인권 영화를 접하거나 영화가 담은 사람을 직접 만나볼 기회가 부족하다는 뜻이다.

탈시설 장애인들의 '이음 여행'도 더 확대하면 좋겠다. '시설'은 인간의 존엄을 훼손당하는 대표적인 장소이자 배제와 차별의 상징이다. 이음 여행은 사회에서 추방돼 오랜 시간 거주시설에 갇혀 살았던 탈시설 장애인들이 지역사회에서 살아갈 힘을 얻는 계기가 된다. 견고하게 나뉜 장애인의 세계와 비장애인의 세계를, 장애인의 시간과 지역사회의 시간을 잇는 여행이다.

프리웰 재단이 운영한 거주시설에서 나와 자립생활을 시작한 장애인들이 삼달다방에 왔을 때였다. 코에 호스를 연결해 유동식을 먹어야 하는 장애인 세 분도 함께였다.

"여기서는 눈을 뜨고 계세요."

같은 시설에서부터 그분들을 만나왔고 활동지원으로 동행한 이가 이렇게 말했다. 목에 호스가 있으니 목소리 내기도 어렵고 직원들이 알아서 모든 걸 해버리는 시설에서는 의사를 표현할 일이 없으니 24시간 내내 눈을 감고 지냈다고 한다. 눈을 뜨고 있다는 건 하고 싶은 이야기도, 궁금해지는 좋은 사람도 많다는 뜻이다. 야외 바비큐장에서 음식을 나누는 자리가 열렸는데, 먹지도 못하는 음식을 앞에 두고 끝까지 사람들 곁에 머무르길래 물어보았다.

시선의 전환을 이끈 사물, 사람들

"행복하셨어요?"

두 눈을 깜빡이며 그렇다고 답했다. 이음 여행은 탈시설 장애인들에게는 전혀 다른 차원의 시간을 선물한다. 활동지원사가 여럿이 동행해야 하는 이음 여행에는 이래저래 큰 비용 부담이 뒤따른다. 여행길에 나설 장애인들의 경제적 부담을 낮출 방안이 필요하다.

삼달다방의 고유한 방식으로 '공익 활동가 쉼 프로그램'도 자주 열고 싶다. 견고한 세상을 바꾸느라 몸과 마음이 소진되기 쉬운 활동가들이 다시 에너지를 모으는 베이스캠프와 같은 역할을 하면 좋겠다. 좋은 풍경만 본다고 쉼이 되지는 않는다. 각 참여자에게 걸맞게 섬세한 접근이 이루어져야 제대로 된 쉼이 가능하다. 사진가 임종진과 뜻밖의상담소 김지연과 함께 탈성매매 여성들과 활동가를 위한 사진 여행을 진행한 적이 있다. 사진을 통해 자기를 표현하는 시간도 갖고 보름달이 뜬 오름에도 올랐는데, 참여자들이 매우 흡족해했던 기억이 난다.

각자에게 맞는 쉼의 방식이 따로 있기도 해서 자율성을 보장하는 것 역시 중요하다. 누구에게는 만화책을 보며 뒹굴뒹굴하는 시간이, 누구에게는 고사리를 꺾으며 명상하는 시간이, 또 누구에게는 멍 때리는 시간이 필요하다. 사실 이곳에 아주 대단한 무언가가 갖추어져 있는 건 아니다. 위로라는 게 결국 좋은 사람들에 의해 만들어지는 것인 만큼, 그런 사람들이 많이 오도록 기회를 넓혀가는 게 길이다.

설익은 구상이지만, 일-쉼-배움을 결합한 워크캠프나 공동체적 삶을 사람을 통해 배우는 '거리의 학교' 같은 프로그램들을 시도해보고 싶기도 하다. 귤이나 무 농사도 같이 짓고, 제주도의 역사나 평화를 고민하는 시간도 갖고, 다른 삶의 방식을 선택한 사람들도 만나고, 자연과 문화를 즐기며 여행하는 과정으로 엮으면 의미 있지 않을까 한다. 특히 상대적으로 기회가 적은 발달장애인을 위한 캠프는 서둘러 보고 싶다. 삼달다방이 가진 자원과 쌓인 경험을 바탕으로 이곳에 맞는 다양한 프로그램 기획이 가능하리라 믿는다.

삼달의 꿈을 위한 지렛대

삼달다방의 꿈을 실현하려면 지렛대가 되어줄 구조와 자원이 필요하다. 운영위원회를 만들어 민주적이고 지속 가능한 운영을 위한 생각을 모아내고 공감대를 넓히는 시도는 이미 하고 있다. 어떤 형태의 구조가 이곳에 가장 적합할지는 실험해보면서 찾아지리라 생각한다.

제일 시급하고 중요한 문제는 바로 재정이다. 안정적인 재원을 확보해야 여러 프로그램을 정기적으로 지속할 수 있다. 혼자서는 어려우니 같이 도모할 사람도 있으면 좋겠다. 삼달다방과 함께 성장하면서 이곳의 미래를 만들어갈 청년을 채용했으면 하는 바람이다. 앞서 말한 삼달극장, 탈시설장애인의 이음 여행, 공익 활동가 쉼 프로그램 개최는 물론, 휠체어 이용인의 탑승이 가능한 노랑버스 운행까지 하려면 적지 않은 비용과 움직일 사람이 필요하다.

이를 위해 300명의 후원자를 모아 월 300만 원 정도를 만드는, 일명 '삼백에 삼백(300/300) 프로젝트'를 추진해보려 한다. 부족하다면 다른 길을 더 찾아보아야겠지만, 최소 월 300만 원 정도는 마지노선으로 확보해야 하지 않을까 싶다.

주변머리가 없어서인지 내가 직접 관계된 공간의 사람들에게 후원을 요청하는 일이 참 어렵다. 하지만 선한 의지로 길을 찾으면 안 되는 법이 없다는 걸 삶의 길에서 만난 사람들이 가르쳐주었다. 사람들의 신뢰를 얻고 마음을 잇는다면 불가능하지 않을 거라 믿는다. 삼달다방이 이미 마음들이 모인 공간이니 '300/300 프로젝트'도 가능할 것이다. 지금까지처럼 삼달다방과 연결되어 이 공간을 함께 만들어나갈 사람들이 분명 있을 테니까.

안 되더라도 꿈꾸는 길은 가겠다는 마음으로 삼달다방의 내일을 향해 천천히 걸어가려 한다. 차별과 폭력 없는 세상을 만드는 사람들을 잇고, 서로를 위로하는 따뜻한 사람들이 있는 공간을 만들어가고 싶다. 지금과는 다른 세상을 위해. 그리고 또 내가 행복하기 위해.